今を生きるあなたへ

瀬戸内寂聴・瀬尾まなほ（聞き手）

SB新書
566

親愛なる先生へ

先生とこの本のための取材を受けたのは今年の夏のことでした。ごく最近のことで、このとき先生が年を越さずにあの世に逝ってしまうなんて、誰が予想できたでしょうか？

先生自身もそんなこと思いもしませんでしたよね。十二月の私の息子の二歳の誕生日会をして、年を一緒に越して……そう思っていました。当たり前のことのように。

先生が急に悪くなってからあっという間で、最期の最期まで一緒にいたのに、先生をちゃんと見送れたのに、私にはいまだ実感がありません。今も先生が入院している気がして、また明日もお見舞いに行かないと、と思ってしまいます。

亡くなってから、いろいろなことが押し寄せてきて、毎日慌ただしく、大きなプレッシャーとともに日々を送っています。仕事が終われば息子を保育園へ迎えに行き、帰宅してもバタバタ。だいたい電池が切れて、息子と一緒に眠ってしまいます。

夜中に何度も目が覚め、山ほどある先生関係の仕事のことが頭の中をぐるぐる回り、先生を想い、悲しむ余裕さえ今の私にはありません。

それでも、ふとした瞬間に先生のことが恋しくなって「会いたい」と呟いては泣いてしまいます。本当は日々泣き明かしていたい。先生を偲びたい。先生のことだけ想っていたい。

それでも私が今踏ん張っているのは、先生の秘書としての役目を全うしたいからです。そうすればきっと先生がほめてくれると思うから。

私のこの十二年間は先生を喜ばせ、笑わせることばかり考えてきました。先生のために何でもがんばれた。そんな存在を今は亡くし、淋しいです。

先生、また会いたいです。いないなんて信じたくないです。

先生、最後にすてきな本ができてよかったですね。

この本には先生が九十九年間生きてきた思想が詰まっています。たくさんの人に先生の言葉に触れてほしいです。

先生は私が出逢った人の中で一番魅力的で優しくて、愛あふれる人です。幸せな日々をありがとうございました。今までもこれからも変わらず、大好きです。

まなほ

本書は、二〇二一年七月二十八日、二十九日に京都の寂庵にて行われたインタビューを基に、加筆・修正をした作品です。

今を生きるあなたへ◉目次

第一章

愛は見返りを求めません

見返りを求めないのが本当の愛情です。「渇愛」ではなく、「慈悲」の心で

まなほ　最初は自分がしてあげたいという純粋な気持ちからしてあげたことでも、それを続けるうちに、「ありがとうと言ってほしい」とか、「たまにはお返しが欲しい」とか、ついつい見返りを求めてしまいます。

寂　聴　それは、あなたのことを言っているのですか？（笑）

まなほ　（笑）。いいえ、私だけのことではありません。自分の子どもだったり、飼っている犬だったりすると見返りのようなものは求めませんが、例えば相手が恋人だったり、夫だったり、友だちだったりすると、「私はこれだけよくしてあげたのに」と思って、どうしても見返りを求めてしまいがちです。これは人間として、当たり前のことなのでしょうか？

寂聴　当たり前かもしれませんが、そこで当たり前と開き直って見返りを要求するようなら、その関係はもう半年も続かないでしょうね。とくに男女の関係に限ったことではありませんが、本当の愛情というのは、「してあげたいから、してあげる」というものです。それに対して見返りを求めるのは、ちょっと卑しいです。本当に好きだったら、「あげっぱなし、与えっぱなし」です。お返しがないなんて言うのは、本当に好きではないからだと思います。

まなほ　見返りを求めること自体が、もうダメなのですか？

寂聴　いちがいにダメとは言えませんが、見返りを期待しながら何かをしてあげるというのは、やはりちょっと卑しいと思います。人間関係において見返りを求めないほうがいいと思うのは、それが「もっと、もっと」とエスカレートするからです。例えばこちらが十をあげたら、その見返りとして、十二とか、十三とかが欲しくなってきます。まるで銀行に預けたお金に利子がつかないと怒るようなものです。そして、お互いに苦しくなり、その関係がこわれてしまいます。

親子だって、そうでしょう。苦労して一人前に育ててやったのだから、老後の面倒は見てくれるだろうと期待したり、見返りを求めたりしても、子どもにはそんな気がさらさらないということは普通にあります。それで腹を立てる。また、友人や知り合い関係でもそうです。旅行のお土産や季節の食べものなどをおすそ分けすることがありますが、それに対してお返しがないと、「あの人はケチだ」とか、「礼儀知らずだ」とか、愚痴をこぼす。

でも、本来の愛情や友情とはそのようなものではありません。見返りやお返しを求めてしまうような愛情を、仏教では「渇愛」と呼び、それはいけないことだと強く戒めています。

まなほ　では、見返りやお返しを求めないような愛情を何と呼ぶのでしょう?

寂聴　それが、「慈悲」です。弘法大師空海さんは、「仏心は慈と悲なり」とおっしゃっています。仏教の極意は、慈悲に尽きるということです。「慈」とは人に楽を与えることで、「悲」とは人の苦しみを抜き去ることです。そのどちらにしろ、仏様は何の見返りもお返しも求めません。それこそが本当の愛情です。

まなほ　自分としては、せっかくがんばって働いて貯めたお金でプレゼントをしたのに、相手があまりうれしそうな顔をしないと、ちょっと悲しくなったりします。お返しが欲しいということではなくて、ただ喜んでほしかっただけなのに、それが満たされないとがっかりしてしまいます。

寂　聴　「この人は全然、私の思いをわかってくれない」と思うようなことがあったら、おそらくその人とはウマが合わないのでしょうから、もう離れたほうがいいかもしれません。普通の人であれば、こっちがそれだけのことをしたら、それに対して何か感じるものがあるはずです。「高かったでしょう」とか、「大変だったね」とか、求められなくともそういう言葉を返すのが普通です。それなのに知らん顔をして済ませるのは、その人が冷たい人間だということを表しています。そういう人とは関係を切ってしまってもいいと思います。

本当に好きになるということは、相手のすべてを許すことです

まなほ 人とのつきあいの中で、「なんで私のことをわかってくれないのだろう」と思うことがあると思います。でも、そういうときに、人にわかってもらうより、まずは自分がその人のことをわかろうとするほうが大切だと言われますが……。

寂　聴 それはそうでしょうが、人はそれほど賢くありませんから、なかなかそうはならないでしょうね。

まなほ 相手のことを理解するには、どうすればいいですか？

寂　聴 本当に好きな相手だったら、その人のことを理解しようと思うまでもなく、

わかるのではないでしょうか。「私のことをわかってくれない」と文句を言っているうちは、本当に好きではないのだと思います。また本当に好きな相手なら、仮にわかってくれなくても許してあげることができます。

まなほ　わかってほしいというのは、相手に自分の思い通りに動いてほしいという下心があるからですか？

寂　聴　そうだと思います。本当に好きだったら、相手のイヤなところも好きになります。だから、「どうしてこの人はわかってくれないのだろう」と最初は思っていても、本当に好きな相手だったら、そんなことはどうでもよくなります。

まなほ　その場合、先生としては、自分のことをわかってほしいというよりも、自分が相手のことを好きなのだから、その人のすることを全部、見守る、許すという感じだったのですか？

寂　聴　見守るというより、仕方がないという感じかしら。相手にあまり期待しないと言ったほうがいいかもしれません。

まなほ　だって、好きになってしまったから……ということですか？

寂　聴　そうです。好きになるということは、すべてを許すということです。ダメなところも含めて好きになるということです。だから、「ここは好きだけれども、ここは嫌い」なんて言うのは、本当に好きではないのです。

まなほ　友だちとの関係では、どうですか？

寂　聴　友だちもそうです。本当に好きな友だちだったら、つまらないことをしても、仕方がないと思って許します。

まなほ　しっかりした関係性に基づいた友だちであれば、自分がこうされたらイヤだということを相手はわかってくれていると、お互いに思っていると思います。例えば、先生と私の関係であれば、先生はこういうことをされたらイヤだと思うだろうなということを、私はある程度、わかっているつもりです。先生も、私にこういうことを言ったら私がイヤな気分になるだろうとわかっていると思います。そこには相手のことをわかろうという気持ちと、自分のこともわかってほしいという気持ちのバランスが取れているような気がします。

寂聴　そこには、しっかりとした愛情が成立しています。それを友情と呼ぶ人もいるでしょうが、私に言わせれば、それは愛情です。

まなほ　無理してわかってもらおうとするのではなく、お互いが自然とわかり合えるような関係が「気が合う」ということなのですね。

寂聴　だから気が合う人とでなければ、本当は仲よくもなれません。

まなほ　それは男女の関係においても、友人関係においても同じことで、気が合うということは、無理してお互いを理解しようとしているのではなく、自然とそうなっているということですね。

寂聴　そうです。そもそも好きになるということは、相手が心地よいようにしてあげることです。もしもその人が寒そうにしていたら、暖かいところへ連れて行ったり、温かいものを食べさせてあげたりします。相手と気が合って、好きだったら、言われなくてもそうしてあげるのが普通です。

相手がお化粧をしている女性が好きな男なら、自分ではあまり似合わないと思っても、その男が好きなタイプのお化粧をすることがあります。女というのは割とそういうところがあって、そこがかわいらしいところでもあります。相手に好かれようと思うから、そういうことをするのです。そのことをわかってくれる男性は非常に優しい男だし、頼もしいものです。その反対に、いくらどんなことをしても全然わかってくれない人がいますが、そういう人とはつきあわないほうがいいでしょう。

裏切られても、傷ついても、好きになったらしょうがない

まなほ　人間関係で一番つらいことといったら、人に裏切られることだと思います。

そのせいで、一人のほうがいいとなるのかもしれません。一回でもつらいのに、二回、三回と友人や恋人から裏切られたら、また裏切られるのではないかと思って、もう人とつきあうのが怖い、もう人のことを信じられないという人が出てくるのも仕方ありません。

寂聴 それは、そうでしょうね。

まなほ 一回傷つくと、それがトラウマになって、疑心暗鬼になる。次の恋人は自分のことを大切にしてくれる人かもしれないのに、「この人も裏切るのではないか」と自分から疑ってかかると、せっかく訪れるかもしれない幸福も逃げていってしまうことになりかねません。

寂聴 その通りです。

まなほ また裏切られるかもしれないけれども、最初から疑いの目でその人を見ないほうがいいということは言えますか？

寂聴 いや、そもそも人を好きになるのに、はじめから裏切られるかどうかなんて考えないものです。裏切られるかもしれないなどと考える前に、もう好きになっています。いちいち裏切られるかどうかなどと考えるのは、たいして好きな相手でもないのです。「この人は嘘つきかもしれない」、「この人は詐欺師かもしれない」と思っても、好きになったらしょうがありません。

まなほ これは私のことではありませんが（笑）、女の人の中には、「私には男運がない。変な男にばかり引っかかってしまう」とか、「ダメな男ばかり引き寄せてしまう」という人も少なくないと思います。

寂聴 誰が、そんなことを思うのですか？

まなほ 自分です。

寂聴 でも、自分で思っているだけならいいじゃないですか。

まなほ そういう男に引っかからないようにするには、どうしたらいいですか。ちゃんとした男を見極める方法というものはありますか？

寂聴 それは自分を変えるしかないでしょうね。自分がダメ男ばかり好きになって、そういう自分がイヤだというなら、自分を変えるしかありません。でも、そういう人は結局、ダメ男が好きなのです。仕方ありません。

まなほ　先生が好きになった人も、ダメ男ばっかりだったと書いていますね。

寂　聴　私が好きになった男に、ロクな人はいません。でも、なぜだか好きになる。逆に言えば、女が放っておいても一人でちゃんとやっていけるような男を、私は好きになりません。根っからダメ男が好きなのでしょう。

まなほ　恋愛をして別れると、落ち込んだり、悲しかったりします。そうなると、「もう恋なんかしたくない」、「私には男運がない」と思ってしまう気持ちもわからないではありません。

寂　聴　ところが、それでも人は懲りないのです。少しは懲りたほうがいいのかもしれませんが、恋愛をよくする人ほど懲りないものです。そうやってまた、同じことを繰り返して泣いたりするのです。

まなほ　傷つくことも、悲しいこともあるけれども、でもそれ以上に人を好きになるということは、すばらしいことだと思いますか？

寂聴　大いに思います。もう一つ付け加えるなら、普通に好きになってもいい人を好きになるのは楽しいだけですが、好きになってはいけないとわかっている人を好きになるのは、非常に苦しいものです。それでも、その人のことが本当に好きであれば、その苦しみさえ喜びになります。だから、みんな恋愛から離れないし、恋愛小説が売れるのです。

まなほ　楽しいことだけではないからこそ、恋愛はいいのですか？

寂聴　いや、はじめから楽しくないとわかっていて恋愛をする人はいません。人が何と言おうと、その恋愛が純粋に楽しいものだからこそ、好きになってはいけないとわかっていても恋愛するし、その恋愛を悪いことだと思っている人はあまりいないと思います。それどころか、たとえ不倫であっても、この人が今の奥さんと結婚しているのは何かの間違いであって、たまたま私よりも先に巡り合ってしまっただけ、だからあの人は今の奥さんといる限り幸せにはなれないなどと、勝手に思ってしまうのです。

恋愛は雷に打たれるようなものだから、それが不倫であっても仕方ない

まなほ　今は不倫をすると、すごく批判にさらされます。例えば芸能人であれば、それだけでテレビに出られなくなったり、コマーシャルを降ろされたりします。

寂　聴　そんなことは、昔からあります。それどころか、昔は不倫をすると姦通《かんつう》罪や不義密通で牢屋につながれたり、殺されたりしました。私はいっぱい不倫をしてきましたが、その時々でうまく逃げおおせることができたから、こうしてやってくることができました。

小説家ですから、不倫の一つや二つしても構わないように思いますが、小説家でも堂々と不倫をしたら、世間から相当、非難されます。私自身が、そ

うでした。そのせいで、仕事が来なくなったこともあります。その不倫のことを書いて、いい小説ができても、ほとんど取り上げてもらえませんでした。それに比べたら、今はだいぶ違うように思います。

まなほ　でも昔であれば、例えば大御所の芸能人などは、不倫をしても何となく許されるような感じだったと思います。今はそんなことはなく、世界的に評価が高い俳優さんでも、過去に不倫をしていたというだけで、テレビなどにあまり出してもらえなくなったりします。今のほうが、不倫に対して世の中の目が厳しくなっているような気がします。

寂聴　それは、不倫が流行っているからでしょうね。誰それが不倫したといえば、週刊誌でも、テレビのワイドショーでも派手に取り上げるので、世の中の人がそれに飛びつきます。それで週刊誌が売れたり、番組の視聴率が上がったりします。でも不倫なんて、人間社会ができてからずっと続いていることです。不倫がなかった時代なんてないでしょう。

まなほ　そうは言っても、「別に不倫がいいとすすめているわけではない」と、いつも先生は言います。「できれば不倫をせずに済ます方法があればいいけれども、それはかりはしょうがない。雷に打たれたようなものだから」と言っています。

寂　聴　恋愛というのは、理屈ではありません。この人とつきあえばお金が入ってくるからとか、生活が楽になるからとか、そういう理屈で人を好きになるのは本当の恋愛ではありません。恋愛というものは、もうわけがわからないものです。とにかく好きになったら、その人に奥さんがいようが、恋人がいようが、そんなことに構っていられなくなります。

でも、それは、あくまでもこっち側の事情です。好きになられるほうとしたら迷惑かもしれませんが、そこから不倫に発展することもあります。そこで奥さんや恋人と別れてくださいと言うのは、あまりにも身勝手すぎます。もし、その不倫相手がいい人だったら助かりますが、もしずるい人だったら目も当てられない状況に陥ることがあることを覚悟しておいたほうがいいでしょう。

まなほ 不倫も恋愛だからしょうがないという考え方もあるでしょうが、不倫される側からしたら、「たまったものではない」、「絶対、許せない」という気持ちにもなるのではないですか？

寂聴 それは許せないでしょう。

まなほ だから不倫をするなら、それなりの覚悟が必要だと思います。

寂聴 どちらが？

まなほ どちらの側も、です。

寂聴 ただ、何度も言うようですが、恋愛というものは理屈ではありません。たとえそれが不倫の恋愛で、してはいけないことだとわかっていても、してしまうのです。それは仕方がありません。

まなほ それでは、不倫することに対しての責任だったり、覚悟だったりというのは、

寂聴　別に問わなくていいのですか？
もちろん、不倫をするには覚悟がいります。もしかしたら、世間からひどい目にあうかもしれないという覚悟が必要です。でも、不倫をするときには頭がのぼせ上がっているから、そんなことは考えられません。してしまってからひどい目にあって、それで初めて困ったりします。だからといって、これは不倫で、そのうちひどい目にあうからやめておこうとはじめから考えるのは、本当の恋愛ではありません。

まなほ　不倫も含めて、恋愛においては、愛されるのと、愛するのとでは、どちらのほうが幸せだと先生は思いますか？　よく女性は、愛されて、相手に求められて結婚したほうが幸せだと言われます。

寂聴　どんな場合でも、愛するほうが幸せです。愛されるほうは、いつ裏切られたり、逃げられたりするかわかりません。どんな恋愛であれ、愛されるよりは愛するほうが幸せだと思います。

結婚していようが、独身だろうが、恋愛に年齢は関係ありません

まなほ　先生は寂庵での法話でも、講演会などでも、話を聞きに来てくれた人に対して、「いくつになっても恋愛をしなさい」と、よく言います。恋愛をするということは、人にとってどういう意味をもつのですか？

寂　聴　恋愛は、何といっても生きる原動力になります。ですから、本当に悲しんでいる人、苦しんでいる人がいて、それがおばあさんであれ、おじいさんであれ、そのときに自分を受け入れてくれる人、理解してくれる人、同情してくれる人が目の前に現れれば、人はその人のことが好きになるし、それによって立ち直ることができます。もう死にたいなんて思わなくなります。やはり人間は一人では生きられないものだし、人の人生を支えてくれるのが恋愛だ

と思います。

まなほ　七十歳になろうが、八十歳になろうが、それは関係ないのですか？

寂　聴　恋愛に年齢は関係ありません。何歳になろうが、何となく気にかかる人はいるものです。もちろん、向こうがどう思っているかはわかりませんが。おそらく人間は何歳になろうが、愛したり、愛されたりすることをやめることができない存在なのだと思います。

　その思いは年齢による肉体的な衰えとは関係ないもので、むしろ歳を取るにつれて強くなっていくものかもしれません。というのも、歳を取るにつれ、寿命や何やかんやで、愛する人がまわりから段々といなくなっていきます。だからこそ逆に年齢を重ねれば重ねるほど、気になる存在が必要になるのだと思います。

まなほ　それは、結婚しているとか、独り身であるとか、そういうこととも関係ないのですか？

寂聴　それも関係ありません。結婚をしていなくてもいいし、必ずしも一緒に住んでいる必要もありません。雨がパラパラと降ってきたら、空を見上げて、「あら、雨になったみたいよ」と話したり、庭で花が散ったら、「ああ、花が散っているわ」と話したり、たったそれだけでいいのです。そういう人がそばにいるだけで、楽しいに決まっています。しかも今は携帯電話やメールがあるから、離れて暮らしていても簡単に連絡が取れます。

まなほ　今は、恋愛をしない若い人たちが増えています。

寂聴　それは、「恋愛なんかしてもつまらない」ということ？

まなほ　「面倒くさい」という人が多いみたいです。

寂聴　そもそも恋愛は面倒くさいものです。自分の都合だけでなく、相手のことも考えなくてはならないわけですから。でも、「面倒くさい、面倒くさい」と言って、一生恋愛をしないまま亡くなるというのは、私から見たらちょっと残念です。たしかに誰かを愛するということには、苦しみも伴います。けれども、それ以上の喜びがあります。私自身は誰かを愛するために生きてきたような気がします。

今は若い人だけでなく、むしろ若いころにそれなりの恋愛を経験した四十代、五十代の人でも、「この歳になっていまさら恋愛なんてできない」と自らあきらめている人もいるかもしれません。でも、それももったいないことです。恋は雷に打たれるようなもので、いつ自分の身に降りかかるかわかりません。それなのに年齢を理由に自分から恋愛を制限する必要はありません。相手に奥さんがいようが、ダンナさんがいようが、それさえ関係ありません。

まなほ

誰かを愛するというと、異性としての恋愛感情とか、性的関係とか、どうしてもそうしたことを想像しがちですが、そういうことにとらわれない愛情もあると思います。例えば家族や友人を愛することも、愛情の一種だと思います。

最近、「無性愛者」という言葉を聞いたことがあります。他者に対して恋愛感情や性的欲求を持つことのない人を指す言葉のようですが、だからといって、そういう人たちが誰かを愛さないかというと、そうではありません。なかにはパートナーがいて、一緒に住んだり、つきあったりしている人もいます。ですが、そこに性的な関係は伴わないし、いわゆる恋愛感情のようなものはないというだけで、人としての愛情や友情は持っています。

寂聴　人は誰かを愛するために生まれてきていると思います。そこに必ずしも恋愛感情や性的欲求が伴わなくてもいいのですが、やはり誰かを一度も愛さずに生を終えるのは惜しいという気がします。生まれてきた以上、どんな形であれ、好きな人に巡り合ってほしいと思います。

若き日に薔薇を摘め。
トゲで傷ついてもすぐに治ります

まなほ 最近の若い人は、あまり恋愛をしなくなったと言われています。そういう人たちの中には、「恋愛をして傷つくのが怖い」という人が少なくありません。先生はよく若い人に向かって、「若き日に薔薇《ばら》を摘め」と言いますね。あれは、どういう意味ですか？

寂　聴 あの言葉は、ロバート・ヘリックという十七世紀のイギリスの詩人が書いた詩が元になっています。「薔薇のつぼみは、摘めるうちに摘みなさい」というのが本来の訳のようですが、私はこう解釈しています。

薔薇にはトゲがあります。それでも美しいものですから、どうしても摘みたくなります。その薔薇を摘んで、もしトゲで指が傷ついてしまったら、私のように百歳にもなる人はその傷が化膿して、なかなか治らないということにもなりかねません。ですが、あなたのように若い人なら、たとえ薔薇を摘んでトゲで指が傷ついても、ちょっとなめておくだけで、二、三時間もすれば治ってしまいます。ですから、たとえ傷つくことやつらいことがあっても、若いときならすぐに癒やされるので、トゲを恐れずに、欲しいと思うものがあったらためらわずに手に入れるようにしなさいということです。

まなほ 若いときは、いろいろなことに挑戦しなさいということでもあるのですか。「若いときの苦労は買ってでもしろ」という言葉もありますが……。

寂　聴 若いときの苦労はつらいかもしれませんが、若いときはそれを癒やす力、治す力があるから大丈夫です。だから「若き日に薔薇を摘め」なのです。

まなほ たしかに「若いときは苦労しろ」と闇雲に言われるよりも、いろいろなことに挑戦して、仮にイヤなことがあったり、傷ついたりしても、「すぐに治るから大丈夫だ」と言われるほうがいいですね。若いうちなのだから、何回もやり直せる、また盛り返せるという気にもなれます。すてきな言葉です。

寂　聴 若い人から色紙に言葉を求められたときなど、よくその言葉を書いていました。

まなほ 先生は好奇心のかたまりというか、新しいことにチャレンジするのに躊躇しませんね。ツイッターが始まったころは「ツイッターがしたい」とか、「ブログがしたい」と言っていたし、ケータイ小説が流行ったときは自分が瀬戸内寂聴だということを隠して、「ぱーぷる」という名前で投稿していました。

寂聴　スマートフォンもいち早く使いこなしています。

まなほ　年齢を理由に、新しいことに挑戦するのをやめたくないですからね。

寂聴　若い人たちと交流することも大好きです。十年くらい前に幕張メッセで行われたオールナイトイベントに参加したときは、会場に詰めかけた若い人たちに向かって、「人生は恋と革命だ！」と大声で叫んでいました。

寂聴　あのときは盛り上がりました。楽しかったですね。

孤独な存在だとわかっているから、人はお互いを求め合う

まなほ　結婚する人が減って、未婚率が上がっているという報道があります。たしかに結婚しない人とか、独身のままでいいという人、一人のほうが気楽でいいという人などが増えているように思います。

寂　聴　今は、そうでしょう。

まなほ　一人のほうが気楽だというのもわかる気がしますが、一人だと孤独を感じることもあると思います。先生は本などでよく、「人間は生まれながらにして孤独な存在だ」と書いていています。

寂　聴　それが人間の真実です。人は一人で生まれて、一人で死んでいきます。たとえ双子であっても、やはり生まれるときは一人ずつ生まれてきます。どんな

に愛し合った夫婦や恋人同士であったとしても、一緒に死ぬことはできません。「心中があるじゃないか」と言うかもしれませんが、どちらかが死に切れずに生き残ることもあります。しかも自分が死んでしまったら、それを確かめることもできません。孤独であることは人間の宿命だと言っていいと思います。

まなほ　一人だと、強くなくては生きていけないという気がします。

寂聴　それは当然です。一人で生きていけるのは、非常に強い人たちです。普通の人はできません。十人のうち、八人はできないでしょう。そばに誰かいたら、その相手に甘えたり、判断を仰いだりできますが、一人ならばすべて自分で考え、自分で行動するしかありません。

まなほ　でも、一人はやはり淋しいです。

寂聴　本来、人は孤独で淋しいものだとわかっているから、それを分かち合える相手として人を求めるし、相手に対する共感や理解、相手を思いやる心が生まれるのだと思います。そこから「一緒に住んでほしい」、「結婚してほしい」ということになるのでしょうが、やはりどんなに愛し合って、一緒に暮らしたとしても、結局、人は孤独な存在です。一人であることからは逃れられません。そのことはしっかり自覚しておいたほうがいいと思います。

まなほ だから、「お一人様」とか、その手のことが注目されているのでしょうか?

寂聴 「お一人様」が出てきた背景としては、「人とつきあってゴタゴタして悩んだりするのはもうイヤだ。そんなことなら一人でいるほうが楽だ」という人が増えてきたからでしょう。それについてはうなずけるところがあります。私も本当は一人のほうがいいのですが……。

まなほ そんなことを言っても、今は先生一人では何もできません。ごはんも作れないじゃないですか。

寂聴 一人でいたこともあるのよ。

まなほ それは何年前のことですか? そんなに私たちのことをわずらわしいなんて

言ったら、みんなボイコットしてやめちゃいますよ。

寂聴　あぁ、面倒くさいわね。

まなほ　人とのつきあいは面倒くさいものです（笑）。

第二章

周りの人の幸せを考えなさい

いつも笑顔を絶やさずにいること。「和顔施」は、まわりの人を幸せにします

まなほ　みんながストレスを抱えている世の中だから仕方ないことかもしれませんが、最近、ちょっとしたことですぐイライラしたり、怒ったりする人が増えているように思います。本当は、いつも笑顔でいたいのでしょうが、仕事のせいだったり、人間関係がうまくいってなかったりして、ついムスッとしたり、カッとなったりすることがあります。先生は「笑いなさい」とよく言いますが、笑うことの大切さについてどうお考えですか？

寂　聴　笑顔というものは、世の中で一番安くていいものです。

まなほ　「スマイル０円」、ですものね。

寂　聴　そう。笑顔を向けられて、イヤな気分になる人はいません。もしそういう人

がいたら、よっぽどひねくれた人です。そういう人とは、つきあわないほうがいいでしょう。

まなほ 家のあちこちに鏡を置いておいて、自分の中ですごく腹が立ったり、イヤに思うことがあったら、その鏡を見て無理にでも笑顔を作ったほうがいいと、先生はよく言っています。

寂　聴 私だけではなくて、美輪明宏さんなどもよく言っていることです。

まなほ 「笑う門には福来たる」ではありませんが、無理をしてでも、がんばって笑顔にしていると、やはりいい方向に向かっていきますか？

寂　聴 そうだと思います。笑顔があるところには、必ずいいことが起こります。笑顔でいると不幸は逃げていきます。その逆に、不幸は泣き顔につきます。

まなほ たしか仏教には、「和顔施《わがんせ》」という言葉がありますね。

寂　聴 よく知ってるわね。

まなほ 先生に聞いたからです（笑）。あれは、どういう意味なのですか？

寂聴

仏教には悟りに至るために実践しなければならない「六波羅蜜《ろくはらみつ》」という六種類の修行があり、その一つが「布施」です。今はお寺やお坊さんに、葬儀や法事のお礼の意味を込めてお金やものを差し上げることをお布施と呼んでいますが、それだけが布施ではありません。お金やものを持っていなくてもできる布施に「無財の七施」というものがあり、その一つが「和顔施」です。

これは、にこやかな顔で人に接するということです。要するに人に会うときは仏頂面ではなくて、ニコニコしていなさいということですが、にこやかに笑っている人の顔を見ていると、こちらもつい楽しくなって、笑顔がこぼれることがあります。笑顔にはまわりの雰囲気をやわらげ、人を優しい気持ちにさせてくれる力があります。ですから、いつもニコニコと笑顔を絶やさないように心がけるだけで、まわりの人たちに幸せを施すことができるのです。それが「和顔施」です。

そもそも、自分の中にイヤなことがあったら、人はなかなか笑顔にはなれないものです。ですから、心から笑って相手にうれしい気持ちを与えることができるのは、こちらの状態が笑えるような状態にあるということです。そうなるためにも、無理にでも笑顔でいるようにすることが大切です。

他人を思いやることの大切さを説いた「忘己利他」の精神

まなほ 私を含めてですが、人は誰しも自分のことを中心に考えがちです。もしかしたら今の若い人は、その傾向がより強いのかもしれません。先生に言われたことで今もはっきりと覚えているのは、「自分のことばかり考えていないで、いつも宇宙と自分、世界と自分、日本と自分ということを意識しながら生きていきなさい」という言葉です。

寂　聴 「世の中で何が起きていようと関係ない。自分さえよければいい」と本気で考えている人がいるとしたら、その人は頭がおかしい人です。例えば、いまだに世界では戦争や紛争が絶えないせいで、多くの尊い命が失われたり、自分の家や住み慣れた土地を追われて難民になったりしている人が数え切れないほどいます。日本でも、甚大な被害をもたらす自然災害などで家を失ったり、原子力発電所の事故による放射能汚染で故郷に帰れないままの人もいます。そんなことは他人事で、「私には関係ない」というのではダメだと思います。

私は以前、「いつも地球のすべての人が幸福で平和でありますように」という祈りを込めて、『美しいお経』という本を出しました。私が好きなお経や法語を集めて紹介した本ですが、その中に、お経以外のものも収録しています。その一つが、宮沢賢治の有名な「雨ニモマケズ」の一節です。

「東ニ病気ノコドモアレバ　行ッテ看病シテヤリ　西ニツカレタ母アレバ　行ッテソノ稲ノ東ヲ負ヒ　南ニ死ニサウナ人アレバ　行ッテコハガラナクテ

モイ、トイヒ　北ニケンクワヤソシヨウガアレバ　ツマラナイカラヤメロトイヒ（中略）サウイフモノニ　ワタシハ　ナリタイ」

賢治は熱烈な『法華経』の信者でしたが、この一節には、人々の苦しみや悲しみを自分のこととして思いやる彼の心情が表現されています。また、彼は『農民芸術概論綱要』という本の中で、「世界がぜんたい幸福にならないうちは個人の幸福はあり得ない」とまで言っています。

この世界のどこかで、嘆き、悲しみ、苦しんでいる人がいる限り、人は「自分が幸せならばそれでいい」というわけにはいかないと思います。それは人間であることの証しでもある、人を思いやる想像力が欠如しているということです。

まなほ　先生は人を思いやることの大切さについて、よく法話などで「忘己利他《もうこりた》」という言葉を取り上げていますね。あれは自分自身の生き方はさておき、自分のまわりの人や、この社会や世界のことにもっと目を向けるべきだという意味でもあるのですか？

寂聴　あの言葉は私が修行をした天台宗の宗祖である伝教大師最澄さんが言ったものので、「己を忘れ他を利するは慈悲の極みなり」という言葉から来ています。自分の幸せだけを追い求めても、人は欲に惑わされるだけで幸せにはなれません。それよりも自分の利益をひとまず忘れて、周囲の人々の幸せについて考えなさいということです。

自分のためだけではなく、自分以外の人の幸せのために生きる、それが人を思いやることの極みであり、自分自身をも幸せにする道なのです。「忘己利他」は、とてもいい言葉だと思います。でも、だからといって無理にがんばる必要はありません。自分ができる範囲でいいのです。

人間の「我欲」には限りがない。
それは苦しみを生み出す原因にもなります

まなほ　「自分のことばかり考えていてはダメ」という先生の言葉に背中を押されるようにして、私も今、貧困、虐待、いじめ、ドメスティックバイオレンス（DV）、性的搾取、薬物依存などの問題を抱えた若い女性や少女に寄り添う「若草プロジェクト」という社会事業に、理事の一人として参加させていただいています。

私にできることはあまりないと無力感に襲われることもありますが、講演などに呼ばれたときは、必ずこのプロジェクトのことを話すようにしています。それによって一人でも多くの人に、そういう問題があるのだということを知ってもらい、関心を持ってもらうことができればと思っています。

寂　聴　ともすると、人間は自分のことばかり考えて、自分が幸せになればそれでいいと思いがちです。それを仏教では「我欲《がよく》」と言います。でも、自分の欲というものには限りがありません。それが苦しみを生み出す大きな原因にもなります。それよりも、自分の行いが人のためになっていると実感できることのほうが幸せだし、誰かを幸せにすることが本当の意味で生きることだと思います。

まなほ　先生はよく、「自分のためではなく、人のために祈りなさい」と言います。そのほうが、仏様が願いをかなえてくれる、と。

寂　聴　自分のために祈るというのは、我欲につながるからです。例えば、もっとお金持ちになりたいとか、もっと男の人からモテたいとか、そんなことはただの我欲にすぎません。そうしたことが全部、かなえられることなどあり得ません。自分以外の誰かの幸せのために生きることがもっとも尊いことです。

最近、またアフガニスタンが大変なことになっていますが、あそこで不幸にも殺されてしまったのが医師の中村哲さんです。中村さんとは一度だけ、二人対談したことがあります。初めてお会いしたのになぜか意気投合して、二人で五時間近くも話し合いました。彼は不毛となったアフガニスタンの土地に何年もかけて自分たちの力で用水路を作り、そこを緑の大地に変えました。

彼は、まさに自分以外の誰かの幸せのために生きた人で、「忘己利他」を実践した人だと思います。あれだけいいことをしたのに、どうして殺されなければならないのか、とてもショックでした。

自己責任と突き放すのではなく、困っている人に手を差し伸べる優しさを

まなほ 最近、ニュースなどを見ていても、「自己責任」という言葉をよく耳にします。その人が貧困だったり、仕事に恵まれなかったりするのも、結局はその人の自己責任なのだから仕方がないという論調です。
そのプレッシャーがとても強いので、困っていても誰かに相談することもできず、自分で悩みを抱え込まざるを得ない状況に置かれている人が少なく

ないと思います。これだけ自己責任が強く言われる今の日本の社会について、先生はどう思いますか？

寂　聴　たしかに、できることなら自分の問題は自分で解決すべきだと思います。ですが、さまざまな事情があって、そうしようと思ってもできない人がたくさんいるのも事実です。ですから自己責任で解決できない人には、まわりの人や社会が助けてあげなくてはならないのではないでしょうか。誰かが相談に乗ってあげるとか、困っている人にはこちらから声をかけてあげるとか、そういった支援が必要だと思います。

まなほ　「助けてください」と声を上げることが、なかなかできないような世の中になってきているような気がします。

寂　聴　困っていても誰にも言えないような人が心を病んだり、うつになったりするのだと思います。そういう人に対しては周囲の人間が気づいてあげて、その人が置かれている状況を理解してあげて、優しくしてあげることが、まずは大切です。やはり優しさが必要です。人間というのは、優しいということが一番の美徳なのではないでしょうか。

まなほ けれども、近ごろは何かあっても、「自己責任だから自分でどうにかしてください」と突き放すのが、日本の政治の姿です。病気になって、仕事ができなくて生活に困っていても、それは自分のせいだから仕方ないというような、ちょっと突き放すような世の中になっているように感じます。

また最近では、困っている人たちに自分の税金を使われたくないという人もいます。

寂　聴 何でもかんでも自分のせいだとするのは、間違っていると思います。今のこの世の中で、貧乏だから病院にも行くことができないというのは、自分のせいではありません。それは政府や社会制度のせいです。それを自分のせいだろうと突き放すような人は、人間として冷たい人です。

まなほ 生活に困っていても、国から援助をしてもらうことが恥ずかしいので、なかなか言いづらいということもあるようです。

寂　聴　恥ずかしいなんて思う必要は、これっぽっちもありません。むしろ、そんなことを国民に恥ずかしいことだと思わせる国や政府のほうが恥ずかしいのです。

まなほ　今は、あまり弱い人に目を向けるという感じの政治ではありません。

寂　聴　あなた、選挙に出てみたら？（笑）

まなほ（笑）。今は私たち国民も自分の生活のことで精一杯ですから、困っている人にそこまで目を向けられないということもあるかもしれません。とくに今、気になっていることの一つが、新型コロナウイルスで仕事を失ったり、仕事仕事が減ったりして、生活に行き詰まった若い女性の自殺が増えてきていることがです。こういうときこそ、国も社会も何とかしなくてはいけないと思っている人は多いと思います。

寂　聴　いつの時代にも若い人が自殺するということはありましたが、やはり将来のある若い人の自殺が増えているということは困った問題です。有効な対策を打たない政府にも、かなり原因があると思います。

まなほ

そういうときに積極的に援助をするとか、自殺そのものを真剣になって防ごうとか、そういうところまで政府は力を入れているようには見えません。見落としていることもたくさんあるように思います。そんな状況の中で若い女性が生活に困って、もう死ぬしかないと追い詰められてしまうのかもしれません。

寂聴

ただ、死んでしまったら、もう生き返ることはできません。もし、仮にこれから世の中がよくなったとしても、そのときに亡くなっていたら、それを享受することもできません。ですから誰かに頼ってでもいいので、何か方法があると思って、死ぬことを思いとどまってほしいです。

本来であれば、お寺や教会といったものは、もっとそうしたことに力を注ぐべきなのですが、あまりお金がないからかもしれませんが、一生懸命に取り組むところが減ってきました。うちでも、なるべくそうした人の話を聞いて、力づけてあげたいと思っていますが、新型コロナのこともあり、難しいところがあります。

たった一票でも力があります。選挙には、絶対行きなさい

まなほ　つねに社会や世界に目を向け、困っている人、苦しんでいる人のために、自分ができる範囲で何かをするということでいえば、政治について考えることも大切ではないかと最近、思うようになりました。これも先生のそばにいて、先生の行動や発言を間近に見てきたからです。

先生のところで働かせてもらうようになる前は、政治についてはもちろん、世の中で何が起きているのかについても、まったく興味も関心もありません

でした。自分や家族が不自由なく、楽しく生きていければそれでいいと思っていました。ですから選挙があっても、投票に行ったり、行かなかったりで、仮に投票に行くとしても、候補者を見た目や名前で選んでいたくらいです。

先生のところに来て驚いたのは、先生は病気や仕事などで大変なときでも、這うようにしてでも投票に行くことです。私に対しても、「絶対、投票に行きなさい」と言いました。

政治について私が発言することは田舎くさくて、もはや時代遅れになっているかもしれません。でも、今のような政治である以上、選挙に行って自分の意思を示す権利を行使しなくてはダメです。なぜなら、たとえ一票であっても、それは力になるからです。

日本国民である以上、選挙があったら投票に行かないのは間違っていると思って、私は必ず行くようにしています。私の一票は何の役にも立っていないし、私が投票する候補者は落選することがほとんどですが、それでも投票

寂聴

に行かなくてはなりません。

まなほ　先生は、投票をする人をどういう基準で決めているのですか？

寂　聴　私は、もともと共産党が好きなのです。ですから共産党に入っていなくても、そういう思想の人に投票することがほとんどです。

まなほ　私もそうだったので偉そうなことは言えませんが、相変わらず若い人たちは選挙に行かないようです。

寂　聴　それは、今の政治に失望しているからでしょうね。言っちゃ悪いけれども、今はロクな政治家がいません。何かおかしな人ばかりです。

まなほ　若い人たちは、「自分一人が投票に行ったぐらいで、世の中は何も変わらない」とあきらめて、選挙に行かない人が多いのだと思います。でも、先生は選挙はもちろんですが、何か問題が起きるたびに、例えば戦争反対や原発反対のデモや集会に参加してきました。

寂　聴　身のまわりのこともそうですが、世の中には自分の行いや努力だけではどうにもならないこと、なるようにしかならないことがたくさんあります。でも、だからといって仕方がないとあきらめずに、政治や政治家に不満があるならば、自分の意見や考えを投票やデモなど、何らかの形で訴えなくてはならないと思います。そうしたことを積み重ねることで、少しでもよい世の中に変えていくことができるのではないでしょうか。

まなほ 仕方がないとあきらめずに、自分ができる範囲で構わないので、世の中をよくするために何か行動するということですね。

寂聴 私はそうして今日まで闘ってきました。あなたがここに来る前も、例えば一九九一年に起きた湾岸戦争のときは、「殺すなかれ、殺させるなかれ」というお釈迦様の言葉を大きな紙に書いて寂庵の前に貼り出し、抗議の断食をしました。二〇〇三年のイラク戦争のときは、自分のお金で紙面を買って、「反対　イラク武力攻撃」という新聞広告を出しました。

まなほ 私が寂庵に来てからも、いろいろなところに出かけて行って、こちらが心配になるくらい大きな声で訴えたり、現地で困っている人の声に耳を傾けて、慰めたりしています。

東日本大震災のときも、東北の被災地に駆けつけました。経済産業省の前で行われた反原発の座り込みでは、半日、ハンガーストライキで参加したし、二〇一二年の夏に代々木公園で行われた大規模な「さようなら原発十万人集会」にも参加しました。

二〇一五年六月にあった安全保障関連法案に反対する集会に出たときのことは、今でもよく覚えています。あのとき先生は九十三歳で、その前の年に腰椎を圧迫骨折し、しかも胆のうがんの手術もして、退院したばかり。まだ一人では歩けなくて、車椅子が必要な状態だったので、私たちスタッフは最初、反対しました。でも先生は、「死んでもいいから行く」と。

そういう活動をして、自分の思い通りになったことなど一つもありません。

でも、仕方がないと思ってあきらめないことです。そうすることが、この国の未来や若い人たちのためになるのですから。

自分を責めて落ち込んでいる人には、ほめて自信を取り戻させる

まなほ　最近、テレビのワイドショーやインターネットなどを見ていて思うのですが、いつも誰かが誰かを責めたり、非難ばかりしています。「あの人のせいだ」とか、「あいつが悪い」とか。また、自分がうまくいかないと、「親の育て方が悪かったから」とか、「家族がよくなかったから」とか、周囲や人のせいにすることが多いように感じます。先生は、こういう状況をどう見ていますか?

寂　聴　相当、歳を取った人がそんなことを言うならわからないこともありませんが、あなたぐらいの若い人たちが、人を責めてばかりいるのは、やはりおかしい

ことです。人はうまくいかないことを、つい誰かのせいにしてしまいがちですが、結局は自分のせいだということが多いのです。ですから、人を責める前に、まずは自分で自分を直すしかありません。

まなほ　さらに問題だと思うのは、責める矛先が自分に向いてしまうことです。「なんで私はこんなにダメなのだろう」とか、「どうしてみんなができることを私はできないのだろう」とか、つい自分を責めてしまい、それで落ち込んでしまいます。そういうときは、どうしたらいいでしょうか？

寂　聴　お医者さんへ行ったほうがいいですね。

まなほ　カウンセリングやセラピーを受けるとか、そういうことですか？　自分だけで閉じこもるのではなく、誰かに話を聞いてもらったほうがいいと？

寂　聴　そうです。でも誰かに話を聞いてもらうといっても、ちょっとした知り合いや、雑誌やインターネットなどでありがちな身の上相談のようなところへは、あまり話を持っていかないほうがいいでしょう。

まなほ　どうしてですか？

寂　聴　ちゃんとした人が少ないからです。

まなほ　でも、先生も雑誌や新聞などで、そういう相談を受けていますよね？

寂　聴　私は、ちゃんとした人だからいいのです（笑）。やはり相談をするなら、ちゃんとしたお医者さんがいいでしょう。というのも、自分を責めてばかりいるような人は、自分ではそう思っていないかもしれませんが、たいていはうつなのです。だから精神科や心療内科など、きちんとした専門のお医者さんに相談したほうがいいと思います。

まなほ　そういえば、先生もかつて精神科に通ったことがあると書いていますが、そのときはどんな状況だったのですか？

寂　聴　四十代のときでしたが、当時、つきあっていた男との関係で、ひどいノイローゼになりました。そのときに友人の紹介で、古澤平作さんという精神分析の博士のセラピーを受けることになりました。古澤先生は非常に有名な方で、あのフロイトから直接、指導を受けたという人で、日本精神分析学会を創設なさった方でもあります。そのころは、もう引退されていたのですが、私が書いた岡本かの子の伝記『かの子撩乱』を読んで非常におもしろいと興味を持ってくださり、特別に治療をしてくださいました。

まなほ どんな治療を受けたのですか？

寂聴 ご自宅のベッドが二つ置いてある部屋へ通され、その一つに横になり、心に思い浮かぶことを全部、言葉にしてしゃべる自由連想法と呼ばれる治療法でした。その中には口に出すと恥ずかしいような言葉、例えば男の性器などもありました。それを一回あたり、十五分から二十分ほど続けました。なぜだかわかりませんが、それが功を奏したようで、二、三か月ぐらいでノイローゼは治りました。

でも、振り返って考えてみると、その間に古澤先生は私のことをよくほめてくださいました。例えば「今日の着物と帯の組み合わせがとてもすてきですね」とか、「その髪型がよく似合いますね」とか、私が治療を受けに行くと、必ず何かほめてくれるのです。結局、それがよかったのだと思います。

要するに、私がノイローゼになったのは、男とのゴタゴタした問題で自分に自信を失っていたからです。それが会うたびに先生にほめられるものですから、自信を取り戻すことができました。「私はまだいける」と思えるようになったことで、ノイローゼから立ち直ることができたのだと思います。

ですから、もしあなたのまわりでも、自分を責めて落ち込んでいるような人がいたら、とにかく意識をしてほめてあげることです。それによって自信を取り戻すことができたら、その人は段々とよくなっていきます。

まなほ　一人で抱え込むのではなく、専門のお医者さんとか、カウンセラーとか、あるいは自分のことを大切にしてくれる人などに相談して自信を取り戻すことで、元気になっていくということですね。

寂聴　あなたもそばで見ていてわかると思いますが、寂庵に悩みの相談に来られた人に対して、私は必ずほめるようにしています。そう思ってその人を見ると、着ている洋服のセンスがいいとか、笑顔がかわいいとか、爪がきれいだとか、誰でもどこかしらほめるところがあるものです。すると、たいがいの人は帰るときに心が楽になって、顔色まで変わります。

どんな人でも、人には言えないけれど、自分のここはいいと思っているところがあります。そこに気づいてほめてあげると、自信を取り戻します。自信を失っているから、自分を責めて落ち込み、うつ状態になってしまうのです。もし、誰もほめてくれないなら、自分で自分をほめてあげてもいい。それが私の経験から言えることです。

他人の幸せを喜べない人間がいます。嫉妬は人間として醜い感情です

まなほ　「嫉妬」は恋愛のバロメーターなどと言われることがありますが、嫉妬について先生はどう思っていますか？

寂聴　嫉妬がない恋愛なんてないのではないかしら。

まなほ　恋愛に限らず、「あの人は自分よりも人気がある」とか、「自分よりも裕福だ」とか、そういうことへの嫉妬については、どう思いますか？

寂聴　あなた自身が、そうした嫉妬の対象になっているでしょう。私の秘書として本を出したり、テレビに出たりしているおかげで、あなたはずいぶんといろいろな人から嫉妬されているのではありませんか？

まなほ　「秘書のくせに人前に出るべきでない」とか、「顔がきつそうだから、性格もきついだろう」とか、いろいろなことを言われました。それも見ず知らずの人だけでなく、身近な人からも……。「顔も性格もきつい」というハガキが来たときは悲しくなって、すぐに先生に見せました。そのとき先生は、「放っておきなさい。そういう人はきっとブスに決まってるから」と言ってくれました（笑）。

寂　聴　それだけあなたが、嫉妬されるまでの存在になったということです。これまで何人もの人に秘書をやってもらいましたが、あなたほど私の秘書として世間に出た人はいませんからね。それに対して嫉妬をするのです。

では、あなたの立場になったら、みんなが、あなたのようにできるかといえば、それはできません。その分、あなたは努力しています。嫉妬をする人にはその努力がわからないから、表面的なところだけ見て、「あの人は運がいい」とか、「寂聴さんのおかげでいい思いをしている」とか、そんなことを言っているのです。

まなほ　先生がそんなふうに言ってくれるおかげで、今はあまり気にしないで済むようになりました。先生、人間として、やはり嫉妬は醜いものですか？

寂　聴　醜いですね。他人を嫉妬する気持ちが少ない人は、それだけで幸せです。

まなほ　でも、世の中には嫉妬心から人を殺したりする人もいます。また、テレビのワイドショーやインターネットの書き込みなどを見ていると、どれだけ他人のことを叩けば気が済むんだと思うような人もいます。あれもまた、嫉妬のなせる業だと思います。どうして世の中にはこんなに嫉妬があふれているのだろうと、やるせない気持ちになることがあります。

寂聴　他人の幸せを素直に喜べないのです。自分よりも幸せになっている人を見たら、それだけで腹が立つのです。

まなほ　嫉妬のせいで、人間関係がグチャグチャになることもあります。

寂聴　とにかく他人が幸せになることを素直に喜べない人間が多いのです。そういう人は「うらやましい」とか、「しゃくにさわる」とか、幸せそうな他人を見ると、何かにつけて「何であの人が」と思ってしまいます。しかも同じような考えの人が二人、三人集まったら、嫉妬心は雪だるまのようにどんどん大きくなっていきます。そばで聞いていて、何でこんなくだらないことで嫉妬しているのだろうと思うことがあります。ですが、私はいつも、言いたいだけ言わせるようにしています。嫉妬とはいえ、発散をしたほうが、その人の精神衛生上はいいですからね。

まなほ　そういう人たちは結局、何もできませんからね、実際には。

第三章

思うがままに生きなさい

うまくいかないことを誰かのせいにするよりも、自分のことは自分で決めて責任を持ちなさい

まなほ 人生というのは何かを決めたり、選んだりということの繰り返しだと思います。そのときに、誰かに決めてもらったほうが楽だということもあるでしょう。私は小さいときは母親の言うことが正しいと思っていて、母親の言う通りにしておけば間違いがないと思っていました。でも、誰にでも自分の考えというのが実はあって、まわりの人間からこうしたほうがいいと言われても、自分ではイヤだと思うこともあります。人の言うことを聞くだけは聞いても、やはり最後は自分で決めるようにしたほうがいいのでしょうか？

寂　聴 大人になったら、そうすべきでしょう。自分で決めたことは、自分で責任を持たなくてはいけません。何でもお母さんの言う通りにして、それでうまく

いかなかったら、「お母さんのせいでこうなった」と責めることができます。でも、自分で決めたり、選んだりしたことは自分の責任ですから、うまくいかなかったり、つらいことが起きたりしても、すべては自分のせいです。でも一人の人間としては、そちらのほうが正しいのではないでしょうか。

まなほ たしかに誰かのせいにするよりは、仮にうまくいかないことがあっても、「自分で決めたことだからしょうがない」と、あきらめもつくと思います。

寂　聴 そう、自分で決めて、自分で責任を取ればいいのです。

まなほ でも、自分で決めるのはなかなか難しいことです。自分のことが自分でもあまりよくわからないということもあるし、やはり経験を積んだ人がこうしたほうがいいと客観的に言ったら、それに従ったほうがうまくいくのではないかと思ってしまいます。

寂　聴 でも、あなたは私が「こうしなさい」と言ったら、そのまま従いますか。最終的には、自分の判断で決めているのではありませんか？

まなほ　はい、最後は自分で決めています。そもそも先生は、私に対して、「こうしろ」、「ああしろ」ということはあまりありません。

寂　聴　言いません。例えば私が、「そんなつまらない男はやめなさい」と忠告したところで、あなたはその男のほうへ行くでしょう。

まなほ　はい。「好きになったから、しょうがない」と、先生に話すと思います。

寂　聴　その通りで、それはしょうがないことです。仮にそれで、私が想像したようにうまくいかなかったとしても、そのときに私は決して「ざまあみろ」とは言いません。「これはかわいそうなことになった」と思って、あなたを助けます。

誰かに相談して、判断してもらうといっても、ほとんどの場合、自分ではどうしようか、だいたい決めているものです。今は新型コロナのことなどもあり、この寂庵でも身の上相談のようなことは中断していますが、私のところに相談に来る人の多くも似たようなもので、私に話を聞いてもらうだけでいいのです。どうするかは、自分なりに答えを出しています。私に話を聞いてもらって、それで安心したいのです。それだけ人間というものは頼りない存在だとも言えます。

まなほ ある程度、自分の中に答えがあるわけですね。それを先生に会って、聞いてもらうだけでいい。

寂聴 そのときに「あなたはしっかり考えている」とか、「洋服のセンスがいい」とか、その人のいいところを見つけてほめてあげれば、パーッと明るい顔になって帰っていきます。それだけで寂庵へ行ってよかったと思えるのでしょう。

「らしさ」に縛られる必要はありません。世間が押しつける規範も、自分らしさも

まなほ　自分で決めることができない、選ぶことができないということの原因や背景の一つとして、いわゆる「女らしさ」、「妻らしさ」、「母親らしさ」など、性別や役割によって押しつけられた規範とか、世間の価値観とか、そういったものに縛られていることもあると思います。

例えば職場では「女らしくスカートをはけ」とか、「ハイヒールにしろ」とか、主婦であれば「母親なのだから夜遊びに行ったらおかしい」とか、「お惣菜を買ってくるのではなく手作りすべき」とか、ある種の決めつけがあります。そういったものにとらわれて、自分自身で判断したり、決めたりすることができずにいるのかもしれないと思います。

そういう「らしさ」のプレッシャーのようなものについて、先生はどう思いますか？

寂聴　こうあるべきだとか、何とかからしさといったものは、そのときの権力者や為政者や、その取り巻きのような連中が決めていることにすぎません。それに人々が従っているだけです。政治体制や権力者が変わったら、まったく反対のことを言い出すかもしれません。ですから世間の価値観だとか、世俗の道徳意識とか、そういったものを私はまったく信じません。

まなほ　でも、女らしさとか、女性だからこうしなさいといったことは、今も結構、残っていますよね。

寂聴　それはずっと男社会だからです。男は女らしい女が自分たちにとって都合がいいから、そういうことを言うのです。ですから、そんなことを真に受ける必要はありません。

まなほ　女だからとか、母親だからとか、そういうことはまったく気にしなくていいということですか？

寂聴　そうです。そんなものは政治や権力者が変わったら変わるものですから、気にする必要も、黙って従う必要もありません。「あなただから」や「自分だから」という価値観でいいのです。

まなほ　世間や社会が押しつける「らしさ」以上にやっかいだと思うのは、自分で自分に押しつける「自分らしさ」だと思います。今の人は自分らしさという言葉にとらわれすぎていて、それによってかえって不自由になったり、あるいはそういうことは自分らしくないからと言って、ものごとから逃げるための口実に使ったりしているように見えます。
「自分らしく生きる」とか、「自分らしさを大切にする」といった類の本もたくさん出ていますが、これまで先生は「自分らしさ」などというものについて考えたことはありますか？

寂聴　ありませんね。そんなことを考える前に、自分の好きなようにしているし、やりたいようにしています。

まなほ　そもそも、自分のことを自分が本当にわかっているかというと、私は疑問です。ですから、自分らしさにとらわれることで、逆に自分がわからなくなってしまうということもあると思います。自分らしさとは前もって自分で決めるものではなく、自分がやったことに対して後からついてくるものだと思います。先生を見ていて思うのは、先生にとっての自分らしさとは、やはり思い切って何でもやってみるということに尽きると思います。

寂　聴　そうです。あえて言えば、思うがまま、やりたいと思うものに情熱を持って取り組むことが、私にとっての自分らしさです。

女性も自由に生きていい。百年前に闘った女性たちに学ぶ

まなほ　少しずつですが、「女だから」とか、「女らしさ」とか、そういう言葉や表現はタブーになりつつあります。例えば会社などでも、女だからという理由で何かを言いつけられたり、逆に何かを制限されたりするのはセクハラとされ、性別で決めつけるのはダメということになってきました。

寂　聴　そういうことはいけないことだと世の中の人にわかってもらうために、われわれのもう一つ前の世代の女性たちが骨身を削り、必死に闘ったから、やっとここまで来ることができたのです。

まなほ　百年以上前に、雑誌『青鞜《せいとう》』を立ち上げたような女性たちのことですね。先生は『美は乱調にあり』、『諧調は偽りなり』という作品で、『青鞜』とも関

係した当時の女性たちのことを書いています。私は先生の作品の中でもこの二作が一番好きですが、それを読んで衝撃を受け、感動もしました。

その当時は、「良妻賢母」が女性の目指すべき姿であり、女は政治に口を出すなという考えから選挙権さえありませんでした。そのときに女性の権利や自由、自立や解放を手に入れるために、平塚らいてうや伊藤野枝などの女性たちががんばったおかげで、今こうして男女平等や女性の権利の拡張などが、社会に広く認知されるようになってきました。社会的に活躍する女性が増えたりするのは、すごくいいことだと思います。

なかには、そうした思想や考え方のために国家や官憲に殺された人もいたことを忘れてはいけませんが、あの当時に闘った女性たちがいたからこそ、今、こうして女性たちが少しは自由になったのです。あの人たちがいなければ、こんなに早く日本の女性たちは自由になっていなかったでしょう。あなたも今、こんなふうに話していられなかったかもしれません。

寂聴

まなほ　だから、「女らしさ」とか、「女だからこうあるべきだ」とか、そういうことに縛られていないで、「私だから」、「自分だから」と、自由に好きなことをすればいいということですね。

寂　聴　そうです。

まなほ　私自身も二〇一九年に結婚し、出産もしましたが、今は結婚して、子どもを産んでも仕事を続ける人のほうが多いと思います。でも、なかにはさまざまな事情から、仕事を続けたくても続けられないという人がいて、それはそれで社会的に大きな問題だと思います。先生は女性が結婚、出産してからも仕事を続けることに対して、どう思っていますか？

寂　聴　大賛成です。だって女の人の中には才能を持った人がいっぱいいます。妻や母親になったからといって、そうした才能を使わないのは、その人にとってはもちろんですが、社会にとっても実にもったいないことです。だからハウスキーパーやベビーシッターなどを雇ってでも、才能がある女性たちはその才能を花開かせるべきだと思います。

まなほ　今もそうだと思いますが、「生まれて間もない小さなうちから、子どもを保育園や託児所などに預けるのはかわいそうだ」という意見があります。「子どもはお母さんといるのが一番いいのに、そんなに早々と保育園に預けて仕事をするのは子どもがかわいそうだ」と言われることもあります。そういった意見に対しては、どう思いますか？

寂　聴　私も以前はそう思っていたことがありますが、あなたが子どもを保育園に預けてこうして働いている様子を見たり、時々連れてきてくれる子どもの様子を見たりしていると、こういうふうにして育てるのも、決して悪いことではないと思うようになりました。

まなほ　私は生後四か月で子どもを保育園に預けたのですが、最初は罪悪感というか、もう少し一緒にいたいという気持ちもありました。でも、その代わりと言えるのかどうかわかりませんが、人見知りなどもほとんどせず、どこに行っても笑顔でいるような子どもに育っています。保育園に子どもを預けられるおかげで、こうして以前と変わらず仕事ができているので、やはり保育園があってすごく助かったと思っています。

寂　聴　その話を聞いて、早く寂庵を閉めて、ここを保育園にしたいと思っているくらいです（笑）。

他人と比べたり、過去を悔いたりしても、人は幸福にはなれません

まなほ　これは日本人に限ったことではないかもしれませんが、どうも私たちは他人と比べて、自分のほうが劣っていると嘆く悪い癖があるように思います。例えば子どもを比べて、「隣の家の子どもはあんなにいい大学に入ったのに、自分の家の子どもはそうではない」とか……。

寂聴　それは、その人の考え方がおかしいのです。そんなことを比較して嘆いても、まったく意味がないことです。

まなほ　すぐに自分と誰かを比べて、私のほうが勝っているとか、負けているとか、気になって仕方ないところがあると思います。

寂聴　例えば？

まなほ　例えば、友だちのほうがいいダンナさんを見つけたとか……。

寂聴　それは仕方ないことです。そして、一番つまらないことです。「隣の奥さんがあれを買ったから、私はこれを買おう」なんて、実につまらないことではないですか。向こうはそれが似合うかもしれないが、こちらは似合わないということだってあるでしょう。「あの奥さんよりもいいものを買おう」とか、そんなことを考えて無理をするのが一番バカバカしいことです。

まなほ　小学生ぐらいのころから、成績に順番をつけられたり、かけっこをしたら一位、二位、三位と順位をつけられたりします。そんなことでつい、自分と他人とを比べるような習性がついたのではないでしょうか?

寂聴　私はずっと一番でしたから、そういうことはわかりません(笑)。でも、成績が何番だとか、かけっこが何位だとか、そんなことは世の中で生きていたら必ずついて回ることです。会社へ入ったって、「あの人のほうが仕事ができる」とか、「営業成績がいい」とか、必ず評価がついて回ります。それは仕方ないことです。そんなことをいちいち気にしていたら、生きていかれません。

まなほ　比べることでの不幸に関していえば、他人との比較だけでなく、自分の過去と現在を比べて、「あのときにこうしておけばお金持ちになれていたのに」とか、「あのときに告白しておけば幸せになれたはず」とか、そういって後悔している人もたくさんいると思います。

寂聴　それが人生というものです。でも、そうしたことをいつまでもクヨクヨ後悔してしまうというのは、ある程度、性格にも関係したことだから仕方ないことです。クヨクヨする人は、何にでもクヨクヨします。それを直せと言ったところで、簡単に直せるものではありません。

まなほ　クヨクヨしている間に、かえってチャンスを逃してしまうということもあるでしょうね。

寂　聴　クヨクヨしてばかりいたら、そういうこともあるでしょう。でも、そのことに気づいた人は、まだ救われる道があります。「こんなにクヨクヨしていると損をする。だからクヨクヨするのはもうやめておこう」と思って、その後悔を自分を変えるきっかけにできる人がいます。そういう人も、いないことはありません。

ですが、そういうことはだいたいは性格ですから、なかなか簡単にはいきません。これまで多くの人に話を聞いてきましたが、聞けば聞くほど、結局、人間が幸せになるのも不幸になるのも、その人の性格によるところが大きいと思います。

まなほ　性格によって、ものごとのとらえ方が違うということですか？

寂　聴　そうです。性格です。何でも不幸にとらえる人がいる一方、何でも自分によいようにとらえる人もいます。それは性格です。

まなほ　「ピンチはチャンス」という言葉がありますが、仮に悪いことが起きても、それを悪い、悪いと嘆くだけの人もいれば、これは逆に何かのチャンスかもしれないと思ってがんばる人もいます。もし自分が失敗しても、とらえ方によっては、それを逆に生かす可能性があるということですね。

寂　聴　その通りです。

他人の目を気にせず生きていく。
たとえつらいことがあっても……

まなほ　私にもそういう面がありますが、人は他人によく見られたい、他人からよく思われたいと、まわりの目を気にして生きているところがあると思います。

寂聴　あなたは割合、そういうところがありますね。どうして美人で才能もあるのに、そんなことをいちいち気にするのですか？

まなほ　やはり人にほめてもらいたいとか、認めてもらいたいという気持ちがあるからだと思います。そうならないときには落ち込むこともありますし、その逆に、だからこそがんばろうと思うこともあります。先生はよく、「人の目を気にして生きるのはすごくつまらないこと。自分の思い通りに生きたほうがいい」とおっしゃいますね。

寂聴　たしかにその通りですが、私自身もなかなかそれができませんでした。だからもうヤケクソで、はじめはつらいこともいろいろありました。

まなほ　先生が若いころに娘を置いて家を出ていったことで、故郷の徳島では大きく非難されたと聞いています。

寂聴　今だって言われているかもしれません。

まなほ　世間からものすごいバッシングを受けたり、好きだった故郷の徳島の人たちから悪く言われたりするのは、自分の中ではどんな気持ちだったのですか？

寂　聴　こっちが悪いのですから、非難されるのは当たり前だと思っていました。逆に、「徳島なんてちっぽけなところの人間が何を言っているか。今に見ていろ」と思っていました。

まなほ　先生の行動によって、家族や親戚が世間から白い目で見られるわけですよね。それに対してどう思いましたか？

寂　聴　親戚のことはわかりませんが、たしかに家族は大変だったでしょうね。でも、うちの家族は両親と姉だけでしたが、私のことを本当によくわかってくれていました。ですから、家族から責められたことは一度もありません。もう仕方がないと思ってあきらめていたのでしょう。

まなほ　こんなことをしたら人からどう思われるかなんて、考えなくてもいいのですね。

寂　聴　本当は考えたほうがいいでしょう。こんなことをしたら世間からひどい目にあうということがわかっていたら、わざわざそんなことをしなくてもいいというか、しなくても済む道がいっぱいあります。でも、それをしてしまう人間がいます。そういう人間が小説家になるのです。

まなほ　「他人の目を気にしなくてもいい」と言われますが、私の中では、例えば自分はこうしたいけれども、それをすることで先生や家族に恥をかかせるとか、がっかりさせてしまうとか、そう思って踏みとどまるところがあります。

寂　聴　例えば、どんなことですか？

まなほ　それは言えませんが、自分が甘い蜜のほうに行きそうになったりすると、こんなことをしたら先生が悲しむのではないかと思うことがあります。

寂　聴　例えば、どんな甘い蜜ですか。それを聞きたいです。

まなほ　具体的にはありません（笑）。でも、それが軸になり、自分が間違った方向に行かずに生きていけると思います。

寂　聴　間違った方向に行くのもおもしろいかもしれませんよ。

まなほ　でも、そういう人は家族とか持たないほうがいいと思います。

寂　聴　そうかもしれませんね。

批判されても、悪口を言われても、自分が好きなように生きればいい

まなほ　一人で生きていれば好き勝手ができますが、子どもがいたり、家族があったりすると、普通はそうはいきません。先生がこれまで自由奔放に生きてこられたのも、やはり一人だったからということが大きいですか？

寂　聴　そうですが、それもある時点からでしょうね。私はいくらでも好き勝手なことをしそうだったので、五十一歳のときに突然、出家しました。私が出家したのは、自由奔放に生きていくことを止めるためです。友人や先輩がどんな

忠告をしようがムダであって、私には出家するしかありませんでした。

出家をしてからは、男と寝ることはもちろんですが、本当にキス一つしていません。でも、それまでの行いが悪かったせいもあるのでしょうが、世間は最初はそうは思ってくれませんでした。家のそばに竹やぶがあって、そこにかつらや着物を隠していて、夕方になるとそこで着替えて出かけているのではないかと噂されたものです。あなたは出家をしたのに、まだそんなことをしているのかと非難されました。そういうことをしている影武者のような人が実際にいたようですが、断じてそれは私ではありません。

そのときに、私は仏様はいると思いました。誰も信じてくれなくても、私がこうして出家して、これまでと違う人間になったことを仏様はわかってくれていると思えたのです。ですから、これまでこうしてやってくることができたのです。

まなほ

私が初めて本を出したときも、結構、批判されたり、悪口を言われたりしました。そのときに先生は、「他人の言うことなんて気にしなくていい」と言ってくださいました。「そういう人が税金を払ってくれるわけでもないし、養ってくれるわけでもないのだから、周囲が何を言おうと気にしなくていい」と話してくれたのが、私にとっては大きな救いになりました。

寂聴　私は散々、そういうことを言われてきました。ですが、小説を書くことで自らを救うことができました。悔しいことは全部、小説に書きました。実際にはつまらないできごとでも、さもたいしたことであるかのように、虚構を書き連ねてきました。でも、それで私自身が救われたのです。

まなほ　会ったこともないような人から批判されたり、悪口を言われて落ち込んだりしましたが、先生が「そんなことは気にしなくていい」と言ってくれたおかげで、ずいぶんと助かりました。たしかにそういう人たちから給料をもらっているわけではないし、生活の面倒を見てもらっているわけでもありませんから、全部、雑音だと思うようにしようと決めたのです。私にとっては、先生のあのひとことはとても大きかったです。

寂聴　あなたはずいぶん、気にしていましたからね。

まなほ　本当に気にしていました。ですから、「もうテレビに出ないでおこう」、「引っ込んでいよう」と思ったこともあります。ですが、私のことを知らない人が好き勝手言うことに、私はいちいち傷つく必要がないと、先生の言葉で気持ちを切り替えることができました。誰からどう思われようが、何を言われようが、自分が好きなようにすればいいのだと思えるようになりました。

寂聴　ですから私は、「七十歳を過ぎても恋愛をしなさい」と、よく人に言うのです。

まなほ　それは「人の目を気にするな。他人が何を言おうが、そんなことをいちいち気にするな」ということですね。

寂聴　そうです。道徳なんて所詮は人が作ったものですから、気にすることはありません。国の為政者が変われば、道徳も変わります。そのときの権力者が自分たちに都合のいいように作ったのが道徳です。だからその時々で変わるし、そんなものをいちいち気にする必要はありません。

でも、だからこそ、私たちには人が勝手に作ったものではないもの、例えば仏様であったり、神様であったり、いわゆる宗教のようなものが必要なのだと思います。「宗教なんかなくてもいい」という人もいるでしょうが、宗教があるおかげで救われる人もいるのです。

居場所がないと思ったら、本を読むのも一つの方法です

まなほ　「どこにも相談に乗ってくれるところがない」、「話を聞いてくれる人がいない」という人は、この世の中のどこにも自分の居場所がないと感じて、淋しかったり、孤独になったりするのでしょうね。

寂聴　居場所がないから孤独だと思うのか、孤独だから居場所がないと思うのか、どちらなのでしょう。

まなほ　みんながそうだというわけではありませんが、例えば家族があったら、そこがその人の居場所になったりします。また、仕事がすごく充実していたら、その仕事や働いている職場が自分にとっての居場所になることもあると思います。そういうふうに自分がホッとできるような場所とか、充実感を得られる場所とか、そういうところを見つけられないでいる人に対して、何か言ってあげられることはありますか?

寂聴　ありきたりかもしれませんが、そういう人には本を読むことをすすめます。今、流行っている小説でもいいし、百年ぐらい前に女性の権利の拡張や社会進出を目指してがんばった女性たちが書いたものでもいいし、とにかく本をたくさん読むのです。本は、そういうときの助けになります。

まなほ　どういうふうに助けてくれますか?

寂聴　こういうふうに考えることもできる、こういうふうに生きることもできると、本は考え方や生き方の方向性を示したり、指針を与えてくれたりします。仮に困っていることを相談できる人が見つかったとしても、その相手も忙しくて、会う時間をなかなか取ってもらえないこともあるかもしれません。また、窮状を聞いてもらったとしても、すぐには答えが出ないかもしれません。その点、本は比較的安いお金で買うことができるし、図書館で借りることもできます。それを読んだら、そこからいろいろな答えが見つかります。

まなほ　たしかに自分の居場所が見つからないときにどうしたらいいかをテーマにした本があるし、孤独について書かれた本もたくさんあります。そうしたものを読むと、それまでとは違った考え方や見方を手に入れられるということですね。

寂聴　そうです。まず、そこから始めてみたらどうでしょうか。すると、次はこの本、その次はこの本と、自然と読む本につながりが出てきます。そうやって

五、六冊読むと、ずいぶん考え方やものごとの見方が違ってきますよ。

まなほ それまでの自分の考え方以上のものを、本がいろいろと示してくれるということですか？

寂　聴 そうです。それがまた、その人が生きるうえでの考え方の軸や思想にもなってきます。そうしたもののために本はあります。学校で教えられたことだけでは、どうしても知識が少なすぎるのです。足りない分は本を読むなどして、自分で補うしかありません。

まなほ やはり先生は、幼いころから本を読んで、必要な知識を自分で身につけていったのですか？

寂　聴 はい。私は小さいころから本を読むのが好きで、図書館にも自分で行っていました。実家は商売をしていて忙しかったものですから、誰も教えてくれる人がいませんでした。

まなほ 本を読むことによって、自分の世界が広がったという感じですか？

寂　聴　それはそうです。今はテレビがありますが、私が小さいときはテレビがありませんでした。だから私たちのような普通の一般市民は、本を読んで知識を手に入れるしかありませんでした。でも、テレビを見るのもいいことですよ。とにかく自分のまわりにない知識を取り入れることが大切です。

まなほ　でも、作家としては当たり前のことかもしれませんが、先生は本をよく読んでいますね。

寂　聴　今でも、かなり読んでいます。優秀だと思う作家や小説家の新しい本が出たら、ちゃんと読んでいます。まあ、本も読むし、テレビも見ます。

この新型コロナのせいで、今は世の中が大変な時代です。「外に出かけることを自粛しなさい」、「人が集まることを中止しなさい」ということで、なかなか気軽に芝居にも行けないし、音楽会にも行けないし、映画館にも行けません。本当につまらない世の中になってしまいました。一日でも早く世の中が元に戻ってほしいと思っていますが、テレビがあるから何とか助かっているという側面もあるのではないでしょうか。

まなほ　よくテレビのことを悪く言う人がいますが、先生にとってテレビはやっぱりいいものですか？

寂　聴　だって、テレビは世の中で起きているいろいろなことを教えてくれるじゃないですか。政治家などでもテレビで顔を見たら、どいつが悪いやつか、だいたいわかります。

まなほ　先生はテレビを見ながら、「こいつは嘘つきだ」とか、よく言ってますね（笑）。

寂　聴　嘘をついている人は、すぐにわかります。

まなほ　でも、普段は本を読んでいることのほうが多いですね。

寂　聴　私などは、テレビよりも本を読むほうが知識が身につきます。それに商売柄、本を読まないとね。

第四章

この世は有り難いことばかり

「私なんか」と自分を否定せずに、「私こそは」と思って生きなさい

まなほ　これまで先生にはいろいろなことを言われましたが、初めて怒られたのは、何かのときに私が「どうせ私なんか……」と言ったときです。あのとき先生は、ものすごく怒りましたね。

寂　聴　あなたは以前、何か話しているとすぐに「私なんか」と言っていました。何かというと、「私なんか」、「私なんか」……。

まなほ　「私なんかなんて言葉は使うな。そんなことを言う人はここにはいらない」と、ひどく怒鳴られました。先生はめったに怒らないのに、あのときはどうしてあんなに怒ったのですか？

寂　聴　まず、その言葉は、あなたを産み、育ててくれた親に対して、とても失礼な

ことだからです。あなたは普通のレベルよりはちょっと上の美人だし、才能もあると思います。それなのに「どうせ私なんか」と言うのは、逆に思い上がっているのだと思います。あなたを産み、育ててくれた親はもちろん、そうした器量や才能を与えてくれた大いなるものに感謝しなくてはいけません。

　人間はどんな人であれ、生まれて来る値打ちがあるから生まれてきます。自分という人間は、この世に一人しかいません。そのたった一人の自分を認めてあげないで、「どうせ私なんか」などと自分を否定したり、卑下したりするのは、自分をバカにしていることだし、自分に対して失礼なことです。

まなほ

それは、自分を粗末にしているということですか？

寂聴

そうです。粗末にする前に、自分をバカにしています。親は、それぞれにすばらしいものを与えてくれています。それに気がつかないのは、その人がバカなのか、努力をしていないからです。「私なんか」とは、誰であれ言ってはいけません。せっかく生まれてきたのですから、その命を大切にすることです。だから「私なんか」ではなく、「私こそは」と思って生きていくべきです。

まなほ

「私なんか」という言葉の根底にあるのは、つい自分と他人とを比べてしまうことです。それで、「この人はできるのに、どうして私にはできないのだろう」とか、「この人はモテるのに、私はまったくモテない」とか、そう思って自分に自信が持てなくなります。そんなときに、「どうせ私なんか」と思ったり、「私は生きていても意味がない」と思ってしまったりします。

寂聴

ここに相談に来る人の中にも、そういう人がたくさんいますが、それは一番つまらないことです。まず、親が産んでくれただけでも「有り難い」こと、もったいないことだと感謝しなくてはいけません。なぜなら、もし親があなたを産もうと思っても、何かの力が働いて生まれてこなかったことも考えられます。ですから、あなたがここにこうして存在しているということだけでも、本当は簡単なことではないのです。

「当たり前」のことなど、この世に一つもない。すべては「有り難い」ことばかり

まなほ　「有り難い」というのは、つまり「当たり前ではない」ということですか？

寂　聴　その通りです。ほとんどの人は、自分が生まれて、ここにいることが当たり前だと思っています。見たり、聞いたり、食べたり、歩いたりすることが当たり前だと思っています。でも、それは当たり前のことではありません。それだけでも、非常に恵まれたことです。ですから、まずはそのことに感謝をしなくてはいけません。この世に当たり前のことなど一つもなく、すべては有り難いことなのです。信仰などというものも、そうした有り難いことに対する感謝の気持ちから生まれてきたのだと思います。

まなほ　今、こうして生活していることが当たり前、家族がいることが当たり前、そ

う思うのではなく、すべては有り難いことなのだから感謝をして生きなさいということですね。

寂聴　その通りですが、これが簡単にできそうでいて、なかなか難しいことです。それができたら、もう神様か仏様のような存在でしょう。

まなほ　けれども、今の自分の状況に不満があったり、何かイヤだと思うことがあったりしても、よくよく考えれば帰る家があって、迎えてくれる家族がいて、食べられるものがあって、それなりに健康でと、幸せなことがいっぱいあります。ですから、時々はそういうことを思い返して、感謝することができればすてきだと思います。

寂聴　それはそうです。だから仏教にしろ、キリスト教にしろ、神様や仏様を拝むときには、そのことに感謝をするのです。

まなほ　でも先生は、毎日〆切に追われ執筆ばかりして、お経もあげず、決して熱心な尼さんだとは言えないと思うのですが、こういうときにはいかにもまじめな尼さんのようなことを言いますね。私、それを聞いていて、時々笑いそうになることがあります。

寂聴　こう見えても、私はちゃんと修行をしましたよ。あなたはしていないじゃありませんか。

まなほ　もちろん、私はしていません。でも、たしかに拝む対象があるだけで、ものごとに感謝する気持ちにもなれると思います。

寂聴　それが信仰心の源になります。「宗教などなくてもいい」と言う人がいますが、宗教があるおかげで人やものごとに感謝する気持ちも生まれるし、苦しみから立ち直れる人もいます。信仰心を持つかどうかは人それぞれでしょうが、私はあったほうがいいと思っています。

まなほ　信仰心、ですか……。若い人でしっかりとした信仰心を持っている人は少ないと思いますが、でも何か困ったときには神社に行って神頼みしたりすることがありますから、それも信仰心の一種かもしれません。「日本人は無宗教だ」とよく言われますが、先生はどう思いますか？

やはり、無宗教でしょうね。あちこちに神社などがいっぱいありますが、そこへ行って十円か二十円のお賽銭をあげて、「あれをしてくれ」、「これをしてくれ」と勝手なことばかりお願いして、よく言うなと思います。

本当の宗教心というものは、必ずしも神社やお寺に行かなくてもいいのです。神様や仏様は、あなたのすぐまわりにいます。ですから、その場で手を合わせて、心の中で祈ったら、それで神様や仏様に思いは通じます。でも、人間は弱い存在ですから、何もないと手を合わせられなくて、神様や仏様の像を作って、それに手を合わせたり拝んだりするのです。

寂聴

小さなことで満足できる人は幸せです。
本当に好きなことであれば、長く続けられます

まなほ　以前、先生は、「少しのこと、小さなことで満足できる人は幸せだ」とどこかで書いていますが、あれはどういうことなのですか？

寂　聴　どこに書いたかはもう忘れましたが、人間の「欲」というものには限りがありません。もし十が手に入ったら、次は二十が欲しくなる、二十が手に入ったら、今度は百が欲しくなるというふうに、欲には限りがありません。それが人の心を惑わせ、苦しくさせる大きな原因の一つです。

ですから、小さいもの、例えば十が手に入ったら、「ああ、よかった。これで私は幸せだ」と思って、そこで満足ができる人は余計に悩んだり、苦しんだりすることがないので幸せだという意味です。

まなほ　例えば先生は、もっと自分の本が売れたらいいのにと思ったりしませんか？

寂　聴　本が売れなかったら、あなたたちにお給料もボーナスも払ってあげることができません。だから、本が売れるに越したことはありません。そんなことはわかり切ったことです。

まなほ　売れる、売れないということ以前に、自分が書いたものを少しでもたくさんの人に読んでもらいたいと思うのは、作家として当たり前のことですよね。

寂　聴　それはそうですが、本はなかなか売れないものです。まあ、あなたが最初に書いた本はたくさん売れたようですが。

まなほ　でも先生には、『源氏物語』とか、『夏の終り』とか、ずっと長いこと売れているロングセラーがあります。版を重ねている本もたくさんあります。

　話を戻しますが、少しのこと、小さなことで満足するということは、一つのことをじっくり味わうことにもつながると思います。今はいろいろなものが世の中にあって、これもしたい、あれもしたいと、いろいろなことに目移りして、一つのことにじっくり向き合ったり、それを深く味わったりすることがなくなりつつあるように思います。そんな風潮を、先生はどう思いますか？

寂　聴　その一つのことが本当に好きなことだったら、黙っていても、それをじっくくり味わったり、向き合ったりできると思います。でも、人によってはいろいろなことが好きな人もいるし、さまざまな才能を兼ね備えた人もいます。それを一つのこと以外やってはいけないと止めることはできません。

例えば、親が子どもに「一つのことを飽きずに続けなさい」と言ったところで、それは無理な注文です。その子どもの中にどんな才能が眠っているかわからないわけですから、一つのことに限定するのではなく、やりたいと言うことはいろいろとやらせてあげたほうがいいのです。

まなほ　でも、私自身もそうでしたが、いろいろな習いごとを経験する中で、結局、いろいろなことに目移りがして、一つの習いごとを長く続けてものにするということができませんでした。

寂聴　それは結局、その習いごとが本当に好きなものではなかったからです。もし本当に好きなものだったら、長く続いたと思います。

まなほ　ということは、自分が好きなことであれば、一つのことに集中してじっくりと向き合ったり、深く味わったりできるということですか？

寂　聴　好きなことだったら、放っておいてもできます。

まなほ　では、一つのことを無理に続けるのは、たいして意味があることではないということですか？

寂　聴　そうです。意味がありません。

まなほ　でも、昔は「一つのことを長く続けなさい」とか、「一つの仕事に就いたらそれを続けるべきで、ころころ変えるのはよくないことだ」という価値観のようなものがあったと思います。

寂　聴　それは、自分の才能がどこにあるのか、自分ではわからなかったからというのが大きな理由だと思います。ですから自分の才能がどこにあるのか、できるだけ早く見つけることです。才能のないことはいくら努力したところでものにはなりませんし、ましてそれにじっくり向き合ったり、味わったりするということはできません。

私はまるっきり嫌いだったのに、小さいときにお琴を習わされて困りました。ピアノは高いからという理由でお琴を習わされましたが、それがイヤでイヤでしょうがありませんでした。だからさっぱり上達しませんでした。ちなみに、姉は三味線でした。

好きなことが、その人の才能です。何歳になろうが好きなことは見つかります

まなほ　先生はよく、「続けられることも才能だ」と言います。

寂　聴　そうです。そもそも好きなことでなかったら、ものごとは続けられません。ですから続けられるということは、それだけでそれが好きだということであり、それがその人の才能なのです。子どもであれば、とにかく好きなことを見つけてやることです。それが、その子どもの才能です。どうせやるなら才

能を育てたほうが成功します。

まなほ　でも、才能を持っていたとしても、成功するかしないかはその人次第ということはありませんか？

寂　聴　本当に好きなことであれば、おそらく成功するでしょう。一に才能、二に才能、三、四がなくて、五に努力でしたっけ？

まなほ　いいえ、一から五まで全部、才能です。と言うか、そもそも何の才能もない人などいません。人間には、必ず何らかの才能があります。それを見つけてくれる人が近くにいるかどうかで、ずいぶん違います。

寂　聴　例えば、お母さんやお父さんが子どもの才能を早く見つけてくれれば、それだけ早く道が開けるでしょう。逆に見つけてくれる人がそばにいなければ、なかなか才能を見つけてもらえず、それを開花させるのが遅くなるでしょう。ですが、いずれにしろ、才能が何もないという人はまずいません。

まなほ　自分で自分の才能に気づくことはできますか？

寂聴　それは好きなことです。好きなことが才能です。最近はどうかわかりませんが、そろばんが好きという子どもがいたら、それだけで才能です。将棋が好き、囲碁が好き、それも才能です。毎日、野山を駆け回ったり、運動で飛んだり跳ねたりしているのが好きだというのも全部、才能です。才能がなければ、そんなことはしません。負けて泣いたり、投げ飛ばされてケガをしたりしながらでもやっているじゃないですか。それも結局は好きだからであって、それが才能なのです。

まなほ　ということは、好きなことを見つけるのが一番大事だということですね。

寂聴　本当に好きなことは、無理に見つけようとしなくても自然に湧き出てくるものです。気がついたら、それをしています。それを親が「そんなことをしたらケガをするからやめなさい」とか、「やってもムダだからやめなさい」とか、いらないことを言うからダメになります。好きでやっているのなら、そのままやらせておけばいいのです。

でも、本当に好きなことでなければ、いくらやってもダメです。子どもを育てるときは、子どものやることをジーッと見ていて、この子はこれが好きだとわかったら、それをやらせてあげればいいと思います。

まなほ 先生も書くことが好きだったから、こうしてずっと書くことを続けていられるのですか？

寂聴 そうです。今の若い人は知らないでしょうが、私が小さいころは「つづり方」という作文のような授業がありました。それが小学二年生のときからあり、私は最初から、そのつづり方の成績が一番でした。だから好きだったのです。もちろん、最初のうちは自分にそうした才能があるかどうか、自分ではわかりません。でも作文を書いたら、よく先生がほめてくれました。先生にほめられたら、「ああ、そうか、自分はこれが上手なのか」ということがわかります。それで自信がつきます。

ですから、まわりの親や大人は、子どもが絵を描いていたら、「絵ばかり描いていないで」などと言わずに、「あなたは絵が上手ね」とほめてあげればいいのです。そうすれば、その子は絵がますます好きになるし、上手にもなります。

まなほ　今は子どもについての話ですが、それは歳を取ってからでもいいのですか。歳を取ってからでも好きなことが見つかるし、それがその人にとっての才能になると言えますか？

寂聴　言えます。たとえ八十歳だろうが、九十歳だろうが、何歳だろうが関係ありません。いくつになっても好きなことは見つかるし、何歳から始めても遅すぎるということはありません。

何でもいいのです。お料理が好きならお料理、編み物が好きなら編み物、絵が好きなら絵、書道が好きなら書道と、とにかく何でもいい。小説が好きな人なら、大切な思い出を小説にしてもいいでしょう。

人に何を言われようが、年齢なんか気にしないで、自分が好きだと思うことをすればいいのです。そのうち才能が花開くかもしれません。仮に花開かなかったとしても、好きなことを一生懸命やったというだけで生きたかいがあるというものです。好きなことをして自分を幸せにすること、それも立派な才能と言えるかもしれません。

いい波が来たら見逃さずに乗りなさい。都合が悪いことは忘れても構いません

まなほ　人生には転機というか、変化の潮目というものがあると思います。それを上手にとらえるコツのようなものはありますか？

寂　聴　チャンスをつかむということですか？

まなほ　はい。人生にはいろいろな変化があったり、これはチャンスだと思う瞬間があったりすると思います。先生は以前、「いい波が来たら、それを見逃さず

に乗りなさい」と、私に言ってくれました。世間でも、「幸運の女神には前髪しかない」とか、「チャンスの女神には後ろ髪がない」などと言われています。

寂　聴　そうした波を見逃さないで、それにしっかり乗ることも才能の一つです。

まなほ　そもそも、いい波が来ているかどうか、それが自分にとってチャンスなのかどうか、それを見極める方法というものはあるのですか？

寂　聴　それも、その人の才能です。わかる人には、パッとわかります。

まなほ　それは努力ではない？

寂　聴　はい。努力とは違います。

まなほ　あとは行動力ですか。そのときに、思い切って「エイッ」と踏み出す行動力……。

寂　聴　行動力とか、そういうものでもないような気がします。もうそうせざるを得なくてするという感じではないでしょうか。

まなほ　いい波が来ていることが仮に才能でわかったとしても、そこで「いいのかな？」、「悪いのかな？」と考えていたら、あっという間にその波が通り過ぎてしまうこともあると思います。だから思い切りではありませんが、やはり大胆な行動力も必要だと思います。

寂聴　だから、チャンスだと思ったらパッとつかまえなくてはなりません。

まなほ　先生のことを見ていて思うのは、行動力があるということです。何に対してもあまり深く考えずに、とりあえずやってみるという姿勢で、自ら人生を切り開いてきたのではないかという気がします。

寂聴　失礼なことを言いますね。

まなほ　えっ、なぜですか？

寂聴　深く考えない、なんて（笑）。

まなほ　でも、考えるよりもまず、体が動いているという感じがします。安保法案反対デモや脱原発十万人集会などに参加したときもそうでした。

寂　聴　デモや抗議集会などに参加するのは、ずっと前からそのことについて考えているからできることです。

まなほ　でも、車椅子でないと移動できないし、その日にお客さんが来ることが決まっているのに、それをなげうってでも出かけて行くというのは、やはり行動力のたまものだと思います。国会議事堂の前で行われた安保法案反対のデモのときは、「死んでもいいから行く」とまで言いました。

寂　聴　これは絶対にやっておかなくては後悔することになると思うから、そうするのです。これまでもずっとそうしてきました。

まなほ　原稿を書くときも、そう思ってくれたらうれしいです。たしかに、月に四本も五本も連載を抱えて書き続けるというのは大変でしょうが……。

寂　聴　原稿を出さなかったことは、私は一度もないはずです。

まなほ　いいえ、何回か落としたことがあります（笑）。「しんどい」とか、「もう書けない」とか言って、連載を休載したこともありました。

寂　聴　本当？

まなほ　自分にとって都合のいいように考えています。

寂　聴　都合の悪いことは、すぐ忘れます。

まなほ　本当にそうです（笑）。でも、それが長生きするコツかもしれませんね。都合の悪いことはさっさと忘れる。私などはイヤなことを言われると、それがいつまでも心に残って、精神的によくありません。

寂　聴　忘れるのも、一つの才能です。人間には忘却という不思議な才能が与えられています。

やらないで後悔するよりも、やって後悔するほうがいい

まなほ　「どうせ運命なのだから、やってもムダ」と人から言われて、やる前にもの

ごとをあきらめる人もいます。

寂聴

人から言われて、やりたいことをあきらめるほど、つまらないことはないと思います。他人の言うことなど、全部いい加減だと思って聞き流せばいいのです。その人のためになることを言ってくれる人など、めったにいません。言うことといえば、やきもちやおだてから生じたことがほとんどですから、他人の言葉で自分のやることを決めたりしてはいけません。

まなほ

そもそもやってみなくてはわからないことだから、「やってもムダ」、「意味がない」などと思わず、とにかくやってみるということですね。他人の言葉で、自分の可能性を狭める必要はない。

寂聴

その通りです。他人が何を言おうが、やってみたら案外うまくいくかもしれません。やはり、ものごとはやってみなくてはわからないのです。どうしようか迷ったときは、一か八か、やってみるほうに賭けたほうがいいと思います。私はそのほうが好きですし、そう思って、自分がやりたいと思ったことは何でもやってきました。覚悟して何でもやってみる。そのほうが後悔をしなくて済みます。

まなほ　やらないで後悔するよりも、やって後悔するほうがいいということですね。

寂　聴　私はもう百歳になりますから、明日、死ぬかもしれません。死ぬ間際になって「あれをやっておけばよかった」という、やらなかったことに対する後悔と、「あれをやらなければよかった」という、やってしまって失敗したことに対する後悔の二つがあったとしたら、私は「あれをやっておけばよかった」という後悔のほうがイヤですね。

まなほ　たしかに、やってもいないのにあきらめていたら、「どうしてあのときにやらなかったのだろう」という後悔が、一生、つきまとうかもしれません。例えば、好きだった人に対しても、「もしかして、あのときに思い切って告白をしていたらどうなっていただろう」と思うことがあります。ですから、何でもかんでもとりあえずやってみるということですね。

寂　聴　何でもかんでもじゃありませんよ（笑）。

まなほ　でも、自分が思ったことは、やってみたほうがいいということですよね。

寂　聴　どうしてもやりたいことは、やってみたほうがいいということです。

まなほ　結局、それがムダかどうかなんて考えないことですね。何がムダかわかるほど、人は賢くはないとも言えます。だから、やりたいことはやってみたほうがいい。

寂　聴　そうです。何でもやってみたほうがいいです。

苦しむことは人間の運命のようなもの。
それに従ってもいいし、逃げてもいい

まなほ　若い人に限ったことではありませんが、「どうして私ばかりが苦労するのか」、「これだけ苦労が続くのは私の運命なのか」と、悩んでいる人もいると思います。就職先がなかなか決まらなかったり、自分の母親の介護が終わった途端に夫の介護が始まったりして、「こうして苦労や悲しいことが続くのは、私の運命なのか」と嘆く人もいると思います。

寂聴　気の毒ですが、たしかにそういう人はいます。

まなほ　先生、やっぱり運命というものはありますか？

寂聴　あります。絶対にあります。そんなことをしなくてもいいのにと思うようなことをついしてしまったりするのは、運命としか言いようがありません。普段、考え方もしっかりしていて、どうしてあんなに賢い人がこんなことをするのだろうと思うことがありますが、それもやはり運命です。男の人なら、あんなにいい奥さんがいるのに、どうしてあんなにつまらない女に引っかかるのだろうとまわりの人は思うかもしれませんが、それもまた運命です。仕方がないことです。

まなほ　仏教には、運命には逆らえないというような考え方があるのですか？

寂聴　そもそも仏教では、「この世は苦だ」と教えています。つまり苦しむことは、人間にとって運命のようなものです。あなたも「四苦八苦」という言葉を聞いたことがあるでしょう。

　四苦とは、生老病死、すなわち生まれる苦しみ、老いる苦しみ、病む苦しみ、死ぬ苦しみです。この四つに加え、愛するものと別れる苦しみの「愛別離苦《あいべつりく》」、怨んだり憎んだりしている人とも会わなければいけない苦しみの「怨憎会苦《おんぞうえく》」、欲しいものが手に入らない苦しみの「求不得苦《ぐふとっく》」、人間の心身を構成している色《しき》・受《じゅ》・想《そう》・行《ぎょう》・識《しき》という五つの要素から否応なく生まれる苦しみの「五蘊盛苦《ごうんじょうく》」という四つの苦しみがあります。この八つの苦しみを合わせて「四苦八苦」と呼びますが、私たちが生きていくうえでこの苦しみから逃れることはできない、それが人間の運命だというのが、お釈迦様の教えです。

まなほ　そうした苦しみから絶対、逃げることはできない、甘んじて受け入れるしかないということですか？

寂　聴　仏教ではそうなるのですが、私は必ずしもそうだとは思っていません。「私一人がどうしてこんなことをしなくてはならないのか」、「こんなことは私にはふさわしくない」と思ったら、そこから逃げてもいいと思っています。

まなほ　それはつまり、「これは私の運命ではない」と思って、その運命を変えるような行動をしてもいいということですか？

寂　聴　例えば自分以外にも兄弟がいるのに、「私一人だけが母親の世話をしなくてはならないのはおかしい」と言って、逃げても構わないと思います。

まなほ　これが運命だと思ってあきらめるのではなく、こんな運命は変えてやろうというくらいの気持ちで、どんどん自分で運命を変えるようなことをしてもいいということですか？

寂　聴　もちろん、これが自分の運命だとあきらめ、その運命に素直に従うことも、結局は人にはできないことをしているわけですから、それはそれで、それなりの徳が得られます。

まなほ　運命は、自分の力で変えることができますか?

寂聴　私は、そう思います。でも、そうは言っても、運命を変えるなどということはやはり怖いことです。なかなか簡単に変えられるものではありません。自分の力で運命を変えようとすると、非常に怖い思いや、つらい思いをしなければなりません。ですが、それをやってしまえば、他人にはわからない達成感のようなものがあります。

まなほ　運命を変えるということは、自分で自分の人生を切り開くということでもあると思います。

寂聴　切り開く前に、まずはそれまでの運命をつぶすことになります。せっかくの運命をつぶさなくてはなりません。そのまま進んでいたら、何の苦労もしないで済んだかもしれないのに、運命を変えようとすることで、わざわざ苦労を背負い込むことになるかもしれません。ですが、そういうことをしようとするときには、そうせざるを得なくてするのです。

まなほ　運命を変えたからといって、必ずしもいいことが待っているとは限らない。

寂　聴　いいことが待っていることのほうが、むしろ珍しいのではないでしょうか。

まなほ　でも、自分で決めたことだから、納得ができるというか……。

寂　聴　そうです。「あなたが勝手なことをしたからひどい目にあっている」と世間から非難されようが、本人は人のできないことをやっているわけですから、たとえそれによってひどい目にあおうが、「それでどこが悪いの」と、かえって開き直ることができるかもしれません。

まなほ　先生も結婚をして、子どもができて、そのままでいれば普通の奥さんでいられたかもしれないのに、自らガラッと変えました。世間からは「なぜ」と言われ、かなり苦労をしたのではないかと思います。

寂　聴　仕方がなかったのです。やってしまったことですから。まったくアホだったと思います。

まなほ　でも、後悔はしてないのですね。

寂　聴　後悔はしていません。この歳になるまで、好きなことを好きなようにして生きてきました。何も心残りはありません。

まなほ　でも、結婚していた二十五歳のときに、まだ年端も行かない四歳の子どもを家に残して飛び出したことだけが、人生の唯一の後悔だと、どこかで書いていました。その割に、私が泊まりの当番の日に寂庵に子どもを連れて来なかったりすると、たった一晩なのに、「そんな小さな子どもを家に置いてきて、よくかわいそうだと思わないわね」と言います。あれが、おかしくて。まさか先生の口からそんなことを言われるとはと思って、つい笑ってしまいます。

人は出会うべくして人に出会うものです。無理に出会いを求める必要はありません

まなほ　私自身が先生と出会って変わったように、人との出会いはその人の人生を大きく変えると思っていますが、先生はどう思いますか？

寂　聴　それはそうです。誰かと出会うことが、その人の人生を変えます。

まなほ　人と出会うためには、外に出るなどして自ら行動しないとできないと思います。待っていても、誰も来ません。人と出会うために自分から一歩を踏み出したり、人が集まる場所に行ったりすることは大切だと思いますか？

寂　聴　そう考える必要はないと思います。神様や仏様は、会うべき人に、会うべきタイミングで会わせてくれます。

まなほ　ということは、人と出会うためにわざわざ外に出かけたりする必要はないということですか？

寂　聴　そんな必要はありません。だいいち、そんなことをしていたらロクなことにはなりません。

まなほ　出会いということに関連して、「自分には友だちと呼べる人がいない」、「なかなか友だちができない」と悩んでいる人もいます。

寂　聴　たしかに、そういう人はいます。

まなほ　うまく人に話しかけられなかったり、そのきっかけがなかったり……。それで悩んでいる人については、どう思いますか?

寂　聴　友だちを作るには、「もっとニコニコしていなさい」とか、「人を受け入れるようにしなさい」とか、いろいろなことが言われますが、これは本人の性格にもよることですから、ある程度仕方ないところもあります。ですから、小さいときに親やまわりの人たちが、そうならないように気をつけてあげることが大切でしょう。それなりの年齢になってしまうと、直すのは簡単にはいかないと思います。

友だちができないと悩むのは、だいたいが内気な子どもというか、人に心を開くのが苦手な子どもです。子どもというのは、わけもわからず誰でも受け入れるのが普通ですが、なかにはそうできない子どももいます。とくに家の雰囲気が暗かったりする子どもはなかなか素直になれないので、かわいそうな面もあります。

まなほ　友だちができないというと子どもの話かと思われがちですが、意外とそうではありません。私のような世代でも、子どもが生まれて、いわゆる「ママ友」がいないと悩んでいる人がいます。

寂　聴　あなた自身は、どうなのですか？

まなほ　私も、ママ友を作る機会がありませんでした。子どもが生まれてすぐに新型コロナのパンデミックになったし、すぐにこの仕事に復帰したので、公園などでママ友を作る機会がありませんでした。でも、私自身はそこまで気にしていないというか、いざとなったら児童館などに行ったり、子育て世代の集まりなどに参加すればいい話だと思います。

友だちができないと本気で悩んでいるというよりは、今はいなくても、「まあいいか、あわよくばいたらいいな」というくらいの気持ちでいます。

もし、本当にママ友が欲しかったら、そういう集まりに積極的に参加すると思います。集まりに出かけても他の母親たちとうまくしゃべれないかもしれませんが、あまり気にせず、友だちは自然とできるものだという程度の感覚でいたいと思います。

……でもやっぱり欲しいな、ママ友。

第五章

ものごとは必ず変わります

この世に変わらないものなどない。苦しみや悲しみもいつかは変化する

まなほ　「すべてのものは移り変わる」と、先生はよく言います。この世のものも、人々の考えや行いも、「何もかもが変化する」、と。

寂　聴　そうです。仏教ではそれを「無常《むじょう》」と言います。正確に言えば「諸行無常《しょぎょうむじょう》」という言葉なのですが、この世に存在するすべてのものは移り変わっていき、一つとして不変のものなどないということです。お釈迦様がお亡くなりになるときに、沙羅双樹の木の下で説いた言葉だとされています。『平家物語』の冒頭でも、「祇園精舎の鐘の声、諸行無常の響きあり……」とうたわれているので、聞いたことがあるという人も多いでしょう。

まなほ　つまり、私たちのまわりに起こるあらゆるものごとは、いいことも、悪いこ

とも含めて、すべて変化するということですね。

寂聴　その通りです。それがお釈迦様が発見された真理であり、仏教の教えの根本にあるものです。

まなほ　ということは、仮に悪いことやイヤなことがあっても、そのうち楽しいことも起こるから、そうした変化を楽しむぐらいの気持ちでいたほうがいいということになりますか？

寂聴　残念ながら、変化を楽しんだりする余裕はありません。そんな余地はないですね。苦しいときや悲しいときは、その人間は本当につらいものです。とにかく辛抱をして、その苦しみに打ち勝っていくしかありません。

まなほ　でも、同じ状態がずっと続くわけではないからこそ、今、辛抱すれば、ものごとはいい方向に変わることがあるということですよね？

寂聴　そうです。ですから、どんなにつらいときや苦しいときでも、自暴自棄になったり、ヤケを起こしたりしないことです。「私の人生は、もうこれで終わり」などと考えないことです。決して絶望してはいけません。

例えば、あなたが今、どん底の状況にいるとします。どん底ということは、もうそれ以上、下には落ちないということです。後は上向きになるしかありません。下に落ちたボールが底にぶつかったら、反動で必ず上に上がってきます。

まなほ

どんなに苦しかったり、悲しかったりしても、その状態がずっと変わらずに続くわけではない、いつかは変わるというのは、人にとっての希望になると思います。もし、苦しい状態がずっと変わらずに続いていくのだとしたら、生きていかれないという気持ちになります。

寂聴

ものごとは必ず変わります。それを「生々流転《せいせいるてん》」とも言いますが、同じ状態が永遠に続くことはあり得ません。だから、人は生きていかれるのです。

失恋をして、悲しくて、悲しくて、そのときはもう死にたいと思っても、一晩寝たら気持ちが変わっていたなんてことはザラにあります。好きな食べものや甘いものを食べただけでも、気持ちは変わります。人間の感情なんて、ちょっとしたきっかけでころころ変わるものです。

私は以前、極楽は刺激がなくて退屈そうだから、死んだら地獄に行きたいと思っていました。ですが、九十歳を過ぎてから骨折やがんを患って、とても苦しい思いをしました。それで、痛いのはもうこりごり。この世のことならいざ知らず、地獄に行ってまで痛い目にあうのはイヤだと思い、やはり死んだら極楽に行きたいと思うようになりました。

いいことも永遠には続きません。すべて変わるということを覚悟しておくこと

まなほ　悪いことがあっても、それが永遠に続くことはない、必ず変わるということは、いいことがあっても、やはりそれも永遠には続かず、必ず変わるという

ことだと思います。ですから、いいことがあって有頂天になっていても、そのうち変わるわけですから、あまり調子に乗っていると、そのうち痛い目にあうということになりますね。

寂　聴　それはそうですが、人間は有頂天になっているときほど、それがいつか変わるものだとはなかなか思えないものです。そこが難しいところです。

まなほ　悪いことがあっても変わる、いいことがあっても変わる、だから悪いことがあっても絶望してはいけないし、いいことがあっても有頂天になって安心し切ってはいけないということですね。

寂　聴　人間は、いいこともあれば、悪いこともあります。そして、そのどちらも永遠に変わらずに続くということはありません。必ず変わります。大事なのは、すべては変わるということを覚悟しておくことです。

まなほ　なかには、変わることを怖がる人もいます。

寂　聴　今が幸せだと思っている人ほど、変わることが怖いでしょうね。

まなほ　でも、私は、変わることはおもしろいことだと思っています。もちろん、苦しみのさなかにいるときは本当につらいのですが、後から思えば、その苦しみがあったからこそ今の幸せがあると思えるし、すべては今につながっていると思います。昔、経験した苦しいことも、イヤなことも、そのどれか一つでも欠けていたら、今の私はなかったと思います。変化があるからこそ今があり、そのすべてに意味があったのだと思っています。

先生と出会えたことでどんどん変わったし、テレビに出たり、本を出したり、思ってもみなかったことが次々と起きたりしています。もちろん、つらいこともありますが、これからもそうした変化を楽しめる自分でありたいと思っています。「無常」という仏教の言葉は、やはりとてもいい言葉だと思います。

寂　聴　人の心も無常であり、必ず変わるものだからこそ、どんな苦しみや悲しみもいつかは癒やされます。もし人の心が変わらなければ、いつまでも悲しんでいなくてはなりません。しかし、居ても立ってもいられないような悲しみでも、時間が経つと段々と癒えていきます。

京都にはいい言葉があって、時間が苦しみやつらさを癒やしてくれることを「日にち薬」と言います。それもこれも、人の心が変わるものだからです。

イヤなことを辛抱する必要はありません。さっさと環境を変えればいいのです

まなほ　先ほど先生は、「苦労から逃げてもいい」と言いました。でも、日本では昔から、「苦労から逃げてはいけない」、「イヤなことがあってもがんばって続けるのがいいことだ」という価値観が根強くあります。しかし、なかには仕事に行きたくない、学校に行きたくないのに、無理をして行くことで心身を病んでいる人もいます。そういうことに対して、先生はどう思われますか？

寂　聴　どうしても行きたくないというのは、それ自体が病気かもしれませんから、無理して行かないほうがいいと思います。

まなほ　「こんなことで仕事を辞めてどうするの」、「ご近所にみっともないから学校に行きなさい」と言われて、かなり悩んでいる人もいると思います。とくに、その原因がいじめのようなものだったり、パワーハラスメントのようなものだったりしたらどうすればいいでしょうか？

寂　聴　学校や会社で理不尽にいじめられたら、すぐにそこを辞めて、他に移るべきです。そんな学校や会社に、どうして行き続けなくてはならないのですか。行かなければいいだけの話です。

まなほ　イヤなことがあったら、そこから逃げるのも一つの方法ということですか？

寂　聴　「逃げる」と言うと、何だか自分がみじめになります。ですから、逃げるというよりも、「環境を変える」と言ったほうがいいかもしれませんね。いずれにしろ、そんなことで辛抱する必要はまったくありません。

まなほ　昔の人は、「我慢してなんぼ」という考えがあったと思います。

寂　聴　昔は世の中が不自由だったので、我慢していると、そのうちよくなることもあったからです。

まなほ　うちの祖母なども、夫婦生活などに関しては、とにかく「我慢、我慢」と言うほうです。

寂　聴　それは、昔の人はお嫁に行くときにそう言われたからです。でも今は、イヤな亭主となんか、ずっとやっていられないじゃありませんか。

まなほ　今は、何でもかんでも「我慢することがいい」という時代ではないわけですね。

寂　聴　我慢する必要はないと思いますよ。ただ、我慢をしなければ、それによってかえって苦労を背負い込むことがあるかもしれません。でも、苦労をする覚悟さえあれば、我慢なんかしていないで、さっさと自分が好きなことをすればいいと思います。

悩んだり、迷ったり、壁にぶつかったり。人は誰もが苦労の種を背負っているもの

まなほ　「悩んだり、迷ったりすることが人生だ」という人がいますが、生きている以上、悩んだり、迷ったりすることは仕方ないことですか？

寂聴　悩んだり、迷ったりすることはしんどいことですから、そうしないほうがいいに決まっているという考え方もあるかもしれません。ですが、それでもやはり、人は悩んだり、迷ったりします。それが人生だと思います。まったく悩みもなければ、迷いもないという人は変わっています。

まなほ　生きている間には、壁にぶちあたることもあります。

寂聴　もしあたらない人がいたら、そっちのほうがおかしいです。

まなほ　そのときに、どうしたら解決できるのでしょうか。解決するかどうかわから

なくても、そのときにできることをコツコツとやっていけば、いつか道が開けたり、問題を乗り越えたりすることはできますか？

寂　聴　そんなことを言っても、本当に悩んでいるときはコツコツなんかできないと思います。そういうときはおいしいものを食べたり、お酒が好きな人はお酒を飲んだりして、気分転換をしたほうがいいと思います。

まなほ　本当に悩んでいるときは、コツコツ積み重ねることなどできない、と。

寂　聴　それができたら一番いいでしょうが、それは難しいことです。例えば一緒にがんばってくれるお友だちとか、あるいは夫婦とか、そうした人がいればできるかもしれませんが、一人でそれをやっていくのは難しいでしょうね。

まなほ　生きていくうえでの悩みや迷い、あるいは人生の時々でぶつかる壁というものは、言ってみればその人が背負った重荷とか、苦労の種ということになると思いますが、そうしたものがあったほうが、生きていくうえでの励みになるということはありますか？

寂聴　そんなものは、ないほうがいいに決まっています。ですが、みんなそれぞれに重荷を背負っています。重荷のない人なんて一人もいません。それを感じないという人はいるかもしれませんが、それはその人が鈍感なだけで、みんな重荷はあるのです。

重荷とは、別の言葉で言えば苦労です。「あの人には何の苦労もないね」と言われる人がいますが、そういう人にもやはり苦労はあります。苦労のない人なんていません。みんな苦労を背負っています。

自殺は自分で自分を殺すこと。いただいた命を勝手に殺してはいけません

まなほ　先生は、いろいろなところで「自殺は絶対にしてはならない」と書いています。そこには、どんな理由があるのですか？

寂聴

お釈迦様が語ったとされる言葉をまとめた『法句経《ほっくきょう》』というお経があり、そこに「己が身にひきくらべて、殺してはならぬ、殺さしめてはならぬ」という言葉があります。「己が身にひきくらべて」というのは、自分のこととして考える、自分の身に引きつけて考えるということですが、そのうえで「殺してはいけない、殺させてもいけない」というのが、この『法句経』の一節の意味です。

私はみなさんにわかりやすいように、「殺すなかれ、殺させるなかれ」と言っていますが、これが仏教の一番尊い教えだと思っています。

自殺とは自分で自分を殺すことです。だから絶対にしてはならないことです。なぜ、いけないのかというと、それはいただいた命だからです。だから自分の命といえども、勝手に殺すことはあってはなりません。神様か、仏様かはわかりませんが、私たちは一人一人、何か大いなるものから命をいただいてこの世に生まれてきているのですから、勝手に自殺をしてはいけません。

まなほ　自分で死を選んで自殺をするということは、結構、勇気がいることではありませんか？

寂　聴　あれは、勇気などという立派なものではありません。一種のヒステリーです。もう神経が疲れてしまって、ヒステリー状態になってしてしまうのが自殺です。

まなほ　新型コロナのせいで仕事やバイトを失ったり、友だちとも会えなくなったりして、若い世代の自殺が増えているという報道もあります。

寂　聴　それは親や先生など、その人のまわりにいる人たちにも責任があるのではないでしょうか。自殺はするべきではないということを、早いうちからしっかり教えなければいけません。

まなほ　世の中には、「自分の命なのだから、自分でどうしようと勝手ではありませんか」と言う人もいます。

寂　聴　それは、全然違います。やはり命は大いなるものからいただいたものであり、自分だけのものではありません。もし、命をいただけなかったら、生まれてくる前に死んでいます。命を持って生まれてくるということは非常に神秘的なことで、子どもが生まれるのは、文字通り「有り難い」ことなのです。ですから、実際に子どもが生まれてきたら感動があります。そういう感動がどこから生じるかというと、やはりいただいた命だからです。

まなほ　自分が自殺をすることで悲しむ人がいると想像することは、自殺を思いとどまらせることになりませんか？

寂　聴　おそらく自殺をするときに、自分が死ぬことで誰か悲しむ人がいるなどとは冷静に考えられないでしょうね。

まなほ　ということは、自殺をするときに、それがいただいた命だからいけないことだというふうに考える人もいないかもしれませんね。

寂　聴　残念ながら、そうかもしれません。これはいただいた命だからとか、自分が死んだら悲しむ人がいるからとか、そうした考える力があれば人は自殺しないでしょう。それでもやはり、これはいただいた命であって自分だけのものではないから、自分で勝手に殺してはいけない、あるいは自分が自殺すれば悲しむ人がいると思って、自殺を思いとどまってほしいです。

まなほ　先生と身近に関係があった人で、自殺をした人はいますよね。

寂　聴　私が夫と子どもを残して家を出るきっかけになった四歳年下の不倫相手の男が、私と別れた後で違う女性と結婚しましたが、やがて事業に失敗し、がんにもなって、もうやっていけないと首を吊りました。

まなほ　その話を聞いたときに、先生はどんな気持ちになりましたか？

寂　聴　実にイヤでしたね。今でもイヤです。

まなほ　「もしかしたら、この人は自殺をするのではないか」と心配になるような人がまわりにいたら、どうしてあげたらいいでしょうか？

寂　聴　まず、話を聞いてあげることです。私のところにもそうした人がたくさん相談に来ましたが、話を聞いてあげただけで自殺することを思いとどまったという人は少なくありません。やはりそういう人は、誰かに話を聞いてもらいたいのです。それと自殺をする人は、ちょっと目を離したすきに自殺してしまいますから、注意深く見守ることが大切です。

新型コロナは目に見えない敵だから怖い。簡単に命が奪われるのは戦争以来のこと

まなほ　新型コロナウイルスのパンデミックで、日本を含め、社会が一変しました。寂庵での法話も、しばらく中断している状態です。新型コロナが流行し始めてからもう二年になりますが、ものの考え方だったり、人間同士のつきあい方だったり、いろいろなことがコロナで変わってきたと思いますか？

寂　聴　やはり、変わってきているのではないでしょうか。命が非常に軽くなったというか、新型コロナにかかって、あっという間に亡くなる人がいます。いつ

まなほ　死ぬか、わかりません。こんなことは、戦争以来なかったことです。「戦争にははっきりした相手がいたけれども、今回の新型コロナは目に見えない敵だ」と先生は言っていましたが、それがやはり怖いです。やっつけようと思っても、そのやっつけ方がわからないし、この二年で感染者も死亡者もかなりの数に上りました。

寂聴　「ウイズ・コロナ」という言葉もありますが、このコロナを完全に撲滅することはどうやらできないようですし、ワクチンの接種が進んだとはいえ、誰がコロナにかかってもおかしくない時代になってきました。いつになったらコロナが収束するのか、先が見えません。

まなほ　先行きが、ちょっと暗いですね。

寂聴　そうなのです。

今回の新型コロナではいろいろなことがありましたが、私自身、自分のいい加減さにあきれているところがあります。オリンピック前には、「こんな状況でオリンピックやパラリンピックを開催するべきではない」という声が多く聞かれました。私自身は賛成、反対を公には明らかにしていなかったのですが、オリンピックが始まると、つい夢中になってテレビを見てしまいました。

まなほ　そういう人は、先生に限らず、いっぱいいただろうと思います。もちろん、多くの人がオリンピックの開催に反対をした理由もわからなくはありません。国民は自粛、自粛で、「飲みに行くな」、「旅行に行くな」、「コンサートもするな」、「運動会もするな」と言われていたのに、「世界中から大勢の人が集まるオリンピックは予定通り開催する」と言われると、それはおかしいと思った人もいただろうし、腹が立った人もいたでしょう。

そうした国民の怒りは、当然だと思います。でも、オリンピック自体が悪いのではなくて、こうした時期に開催することに賛成できなかったのだと思います。選手たちには罪がありませんし、逆に大変な状況でがんばった選手たちには感動しました。

寂　聴　テレビで見ていて、選手たちは本当に一生懸命やっていました。

まなほ　オリンピックをやってよかったのかどうかというのは、結局のところ、わからないと思います。

寂　聴　その判断は難しいでしょうね。

人間は、つい同じことを繰り返してしまう。コロナが収束したらどうなるのだろうか？

まなほ　この新型コロナの騒ぎが少しは収束したら、また、元のような世の中に戻るのでしょうか？

寂　聴　それはわかりません。長く生きていると、「前にも似たようなことがあった」と感じることがたびたびあります。人間はだらしないところや愚かなところがありますから、世の中が変わってしまったのに気づかず、元のように戻ったと感じる人もいるかもしれません。

まなほ コロナを経験したことで、これまでとは違った世の中になるという人がいます。でも、本当に変わるのでしょうか。ある程度、コロナが収束したら、コロナなどなかったかのように元に戻るのではないでしょうか？

寂　聴 その可能性はあります。また、同じことを繰り返してしまうかもしれません。

まなほ コロナを経験したことで、リモートワークやテレワークなどが進んで働き方が変わると言われていますが、本当にそうなるのか疑問です。

寂　聴 そんなに大きくは変わらないと思います。人間はすぐに忘れる生きものだし、つい自分に都合のいいように考えます。そうでなくては生きていかれないから仕方ないことなのですが、そうしたことを考えると、コロナの前とそれほど大きく変わるとは思えません。

まなほ コロナが収束して、コロナによって仕事を失った人などが元の仕事に復帰したり、新しい仕事を見つけたりして、いい方向に進めばいいのですが、その人たちにはもう目も向けない、すべて自己責任でやってくださいと突き放すような社会だったら困ると思います。

寂聴 そうならないように、あなたが運動すれば？

まなほ 私にはそんな力がありません。先生がやってください。

寂聴 私はもうじき死にますから、そんなことは難しいでしょう。

まなほ 悲しいことですが、私も含めて、自分がよければそれでいいと考える人はいます。「コロナで困っている人たちのことを何とかしなくては」と今は言っていますが、コロナが収束して、マスクなしで飲食店に出かけたり、旅行に行けるようになったりしたら、自分たちの楽しみにばかり目が向いて、そういう人たちのことを気にもかけないようになるのかなと思ってしまいます。

寂聴 二人ではこういう話をしていますが、普通の家庭でも、こういう話をしているのかしら。

まなほ　コロナで入院もできずに亡くなったとか、仕事がなくて困っているとか、会社が倒産したとか、そういったニュースやインタビューがテレビで流れたら、やはり家族で話し合ったりしているのではないでしょうか。志村けんさんや岡江久美子さんがコロナで亡くなったときは、ずいぶん話題になりました。

寂　聴　百歳になって、私がコロナにかかって死んでも、みんなはあまりびっくりしないでしょうね。

まなほ　びっくりするでしょう！

第六章

やりたいことを貫きなさい

直感とやってきたことを信じて、自分が好きなことを貫き通す

まなほ　先生にとっては、やはり原稿用紙に向かって文章を書いているときが一番楽しいですか？

寂　聴　もう、楽しくないです（笑）。でも、書くことは私にとってごはんを食べるようなものです。

まなほ　もし、書くことを取り上げられてしまったら……。

寂　聴　すぐに死ぬかもしれません。だって、他にすることがありません。今はもう書くことだけが私にとっての好きなことです。他には何もないです。いまさら百歳で恋愛をしたところで、相手はいったいいくつになりますか？

まなほ　二歳です。

寂　聴　そうですね、あなたの息子が今の私の恋人です。

まなほ　やはり先生は、好きなことを貫き通しているという感じです。

寂　聴　死ぬまで書くと思います。

まなほ　それまで体験してきたことが、その人なりの感覚や考え方、あるいは生きていくうえで欠かせない軸や背骨のようなものになりますか？

寂　聴　少なくとも、私にはなっています。

まなほ　本能的なものも含めて、そうした自分の感覚を大切にすべきだと思いますか。例えば、自分はこれが好きだとか、これは何となくイヤな感じがするとか……？

寂　聴　それは、すごく大切にしたほうがいいと思います。生まれたときから身についているような感覚ですから、何かあったときにはそうしたものに従えば、だいたい正しい方向に進めると思います。

まなほ　先生は「直感」というようなものを信じていますか？

寂　聴　はい、信じています。

まなほ　直感で何かを決めたということはありますか？

寂　聴　だって、ものを買うときは、あれは直感でしょう。

まなほ　洋服のようなものではなく、例えば出家するとか……。

寂　聴　それも突き詰めていったら、結局、直感だったと思います。昔から「なぜ出家したのか」と、よく聞かれました。いちいち答えるのが面倒くさかったこともあり、そのつど、「男との不倫の関係を断ち切るため」とか、「自分の文学を高めるため」とか、いろいろなことを言ってきましたが、それだけではなかったと思います。

最近では「更年期のヒステリーだった」と答えたりしていますが、結局、「わからない」というのが本音です。あえて言うなら、それは直感としか言いようがないものでしょう。でも、私は出家したおかげで、小説家としての人生の難局をうまく乗り切ることができたと思っています。

「寂」は煩悩が収まった静かな心の状態、「聴」は森羅万象のあらゆる音を聴くこと

まなほ　多くの人から聞かれたことだと思いますが、先生はなぜ「寂聴」という法名なのですか?

寂　聴　なぜ、と言われても……。そもそも自分でつけたわけではありません。「寂聴」という法名は、お坊さんとしての私の師匠、つまり師僧にあたる今東光先生が授けてくださったものです。

まなほ　そのときに今先生は、なぜ「寂聴」にしたのか、その理由を話してくれたりしたのですか?

寂　聴　詳しくはわかりません。ただ、最初に先生から告げられた法名は別のものでした。私は何だかつまらないと思ったので、「もっといい名前をください」

とお願いしました。それなら、これではどうだということでいただいたのが「寂聴」という法名です。ちなみに「聴」の字のほうは、今先生の法名である「春聴《しゅんちょう》」から一字取ったものです。

まなほ 先生は、この「寂聴」という名前を気に入ったのですね。

寂　聴 だって、きれいではありませんか。「寂」という字は、一般には「淋しい」と同じ意味ですが、仏教ではもっと深い意味があり、「煩悩が収まった静かな心の状態」を表しています。煩悩とは簡単に言ってしまえば、「あれが欲しい」、「これが欲しい」という際限のない欲望や、心をかき乱す妄想、嫉妬や執着などのこだわりです。そうした心身をさいなむ煩悩の苦しみから解放されて、心がおだやかに静まった状態が「寂」です。

まなほ では、「聴」にはどんな意味があるのですか。「聴く」という字ですよね。

寂　聴 何を聴くのかというと、今先生は「梵音《ぼんおん》」を聴くことだとおっしゃいました。梵音とは、仏様の妙なる声や読経の声、あるいは仏教の音楽である声明《しょうみょう》などのことです。

でも私は、仏教だけに関係した音ではなく、もっと広い意味でとらえています。例えば小川のさらさら流れる音、松の枝を風が渡る音、波が汀《みぎわ》に打ち寄せる音、鳥がさえずる音、恋人同士が睦み合う音など、もう森羅万象のあらゆる音を梵音だと思っています。そうしたすべての音に心静かに耳を傾けるのが、「聴」の意味だと思います。

まなほ そう言えば、寂庵のご本尊の観音様も「音を観る」と書きますね。

寂　聴 観音様は正式なお名前を「観世音菩薩《かんぜおんぼさつ》」といいます。これは世の中の悩める人々が発する音声を観ずる、世の中の人々の救いを求める声を聴いて救済する菩薩という意味です。やはり、音を観ずる、音を聴くということは、仏教や仏様の基本なのでしょう。

まなほ 今東光先生からは法名を頂戴した他にも、何か特別なことを教えてもらったりしたのですか？

寂　聴　五十一歳で出家した直後に、「これからは一人を慎みなさい」と言われました。今先生から教わったのは、その一つだけです。

まなほ　一人を慎むというのは、慎みを持って生きろということですか？

寂　聴　「誰も見ていないと思っても、仏様がきちんとお前さんを見てくださっている。だから、一人でいるときこそ慎みなさい」ということです。私は、その教え一つで十分有り難いことだと思いました。

　私たちはそばに誰もいないからと思って、あるいは人の目を盗んで、お金を盗ったり、悪いことをしたりします。でも、たとえ誰も見ていなくても、仏様はすべてをちゃんと見ています。もちろん、悪いことだけでなく、いいことも含めて全部です。

　ですから、仏様に見られているということは決してイヤなことではなく、かえって自分で自分を律する契機になります。また、世間から悪口を言われたり、身に覚えのないようなことで誹謗中傷されたりしても、仏様は私のことをちゃんと見てくれていて、私のことをわかってくれていると思うと、のびのびと清々しく生きることができます。

おかげさまで、私は出家してから、かえって自由を感じることができるようになりました。それもこれも、仏様がいつも見守ってくださっていると安心して信じることができるようになったからです。

日本の文化や慣習に影響を与えている仏教。仏縁に導かれるように出家しました

まなほ　先生は出家して仏教の尼さんになる道を選びましたが、キリスト教ではなく、なぜ仏教だったのですか。たしか先生が卒業した東京女子大学は、キリスト教の大学だったと思います。キリスト教のシスターでもよかったのではありませんか？

寂聴　実は指物職人だった私の父親が養子に入った瀬戸内家は、キリスト教徒でした。そこのお墓には聖書の文句が書かれています。私が幼いころ、実家のおばあちゃんがまだ生きていて、徳島の瀬戸内仏具店、すなわち私が生まれた家にしょっちゅう神戸から遊びに来ていました。

そのおばあちゃんが来たときは、ごはんを食べるときに手を合わせて「アーメン」と唱えていました。まだ子どもだった私はそれを聞いて、「ここは仏具や神具を作っている家なのに、どうしてアーメンなの。おかしくないの」と聞くと、「キリスト教でも、仏教でも、両方とも拝むからいいんだよ」と言われました。子ども心に、そんなものかと思いました。

まなほ　東京女子大学はキリスト教だから入ったというわけではなく、そこが好きだから入ったのですが、神戸のおばあちゃんはすごく喜んでくれました。

寂聴　出家をする前に、キリスト教の神父さんにも会いに行ったと聞いています。キリスト教徒だった作家の遠藤周作さんと仲が良かったものですから、神父さんを紹介してくれて、しばらく一緒に聖書を読んだりしました。そのうちに、何か違うと感じるようになり、仏縁に導かれるように仏教徒として出家しました。

まなほ 今から思うと、先生が仏教を選んだのは必然だったと思いますか？

寂　聴 よかったと思っています。やはり日本の文化や慣習に、仏教は大きな影響を与えています。私にとっても仏様は何より身近な存在です。インドにも何度か行きましたが、舗装されていない土の道を歩いていると、何千年も前にお釈迦様がこの道を裸足で歩かれたということが実感として伝わってきました。その親近感がとてもよかったです。やはり仏教に帰依してよかったと思いました。

まなほ キリスト教に関しては、何か思うことはありますか？

寂　聴 キリスト教は、やはり何と言っても『聖書』です。あれは、読み物としてもすばらしい。キリスト教を信じていても、いなくても、『聖書』だけは読んでおいたほうがいいと思います。『聖書』には西洋文化の原点というか、基本となる考え方が書かれていますが、それだけでなく、例えば子どもを叱ったり、諭したりするときに参考になるようなこともたくさん書かれています。

まなほ　例えばキリスト教対イスラム教のように、世界中で宗教上の対立を理由に戦争がたくさん起きています。それについては、どう思いますか？

寂聴　ずっと昔からあることですが、やはり宗教を理由にして戦争をすることはおかしいことだと思います。本来、人々の幸福や安心のためにあるのが宗教であって、どの宗教も「人を殺せ」とは教えていないのですから、宗教を理由に戦争をすることはあってはならないことです。

「あの世」があるかどうかわからないが、あると思ったほうが楽しい

まなほ　「人生の収支はトントンになるように できている」と世間ではよく言われています。先生は百年生きてきて、いいことも、悪いことも、トントンだったと思いますか？

寂　聴　やはり、いいことのほうが多かったと思います。もちろん悪いこともいろいろありましたが、自分ではいいことのほうが多かったと思っています。

まなほ　人によっては、「私の人生は悪いことのほうが多かった」、「苦しいことのほうが多かった」と言う人もいます。

寂　聴　それは見方によります。でも、私のように思えたほうが幸せだと思います。この世では楽しいことが多かったと思って死んだほうがいいではありませんか。そちらのほうが人生に感謝できます。人間、いつ死ぬかわかりません。でも、生まれた以上は必ず死にます。一人残らず、すべての人が必ず死にます。そのときに、「ありがとう」と言いながら死んでいけるほうが幸せだと思います。

まなほ　先生は、「あの世はない」と言いますよね。

寂　聴　いや、わかりません。魂はあると信じていますが、死んだ後にどうなるのかはわかりません。私だけでなく、おそらく誰にもわからないでしょう。一度死んで、またこの世に戻ってきた人はいないのですから。

まなほ　でも先生は、「あの世はないと思う」と、どこかで書いていましたよ。

寂　聴　その通りです。正直なところ、私は死んだら「あの世」があるとは思っていませんでした。法話などでは、「死んだら、あの世で先に逝って待っている大切な人に会えます」と話したりしていますが、本当のところは死んだら何もないのではないかと思ってきました。

　でも、最近、一生懸命考えているのですが、もしかしたら「あの世」があるのではないかと思う日もあるし、やはりないのではないかと思う日もあります。その日によって思うことが違います。

まなほ　この前までは、「ないと思う」と言っていました。ただ、「立場上、あると言わなくてはいけない」と。

寂聴　大切な人に先立たれた人の気持ちを考え、その人たちの悲しみが少しでも癒やされればいいと思い、そう言ってきました。その気持ちに嘘はありません。ですから、おそらくこれからも、「死んだらあの世でみんなに会える」と言うでしょう。でも、本当はどうなのかわかりません。

そもそもお釈迦様自身が、「あの世のことなどわからないのだから、いくら議論しても仕方がない。今、ここにこうして生きていることだけを考えなさい」とおっしゃって、「あの世」のことについては一切、語りませんでした。そのことを仏教では「無記《むき》」と言います。だから、逝ってみないとわからないというのが本当のところでしょう。

まなほ　でも、「あの世」があると思ったほうが楽しくないですか？

寂聴　そのほうが楽しいでしょう。だから法話のときなどは、「あの世はいいところ。亡くなった人たちに会える」と言っています。それでみなさんが喜んでくれるなら、それでいいと思います。どうせわからないのですから、楽しいことを想像したほうがいいでしょう。

あの世も、この世も、わからないことだらけ。人の死に際にもさまざまある

まなほ　「死んだらすべて終わり。まったくの無だ」と言う人もいます。

寂　聴　最近、それを考えているところです。たしかに「死んだら無だ」と言う人もいます。けれども、「死んだら無だ」というのでは、生きていてもつまらないではありませんか。やはり、死んだら何かあるのではないかと思うことがあります。そういうこともあって、法話に来てくれた人には、「あの世があったら、夢の中で足の指を引っ張ってあげる」などと言って笑わせています。でも、本当にわかりませんね。一度死んで生き返って、「あの世」があるか

どうか教えてくれた人は誰もいませんから。

まなほ　もしも「あの世」というものがあって、そこに昔の知り合いがいるとしたら、先生には会いたい人はいますか？

寂聴　それについてもこのごろよく考えるのですが、もう会いたくないなと思います。何だか面倒くさいし、もういいよという気持ちがします。「あの世」で誰か知らない男に出会って、そこで恋愛するというのも面倒くさいですしね。

まなほ　「あの世でも恋をする」と言い出すのかと思いました（笑）。やっぱり面倒くさいですか？

寂聴　会いたいと思うような家族はみんな亡くなっていますから、「あの世」で会いたいと思うのかなとも考えますが、それでもやはり面倒くさいですね。そこでまた泣いたり、慰めたりするのが面倒くさい。そもそも向こうは子どものころや若いころの私しか知らないでしょうから、そこに百歳にもなった私がのこのこ出ていったら、誰だろうと思うかもしれません。

まなほ　「えっ、これが、あのハルミちゃん?」なんて、ね（笑）。

寂　聴　だからもう、いまさら会ってもしょうがないという感じがします。

まなほ　でも、先生は最近、そんなことを考えているのですか。「あの世とは、何だろう」みたいな?

寂　聴　だって、それを考えざるを得ないような相談がいっぱい来るじゃありませんか。それに答えるために、一生懸命考えているのです。でも、「あの世」のことだけでなく、「この世」のことでもわからないことがたくさんあります。ことに人の死に際というのも、本当にさまざまです。

京都に住んでいる女友だちの臨終に立ち会ったことがあります。もう最期だと家族から連絡があったので、お経の一つもあげてやらなければいけないと思って訪ねていきました。そこには、ダンナさんや子ども、孫など、身内から親類までたくさんの人が集まっていました。みんなが悲しそうな顔をして、その友人を見送ろうとしています。

そこで私は、「あなた、幸せね」と、声をかけました。「いまどき病院のベッドではなく、こうして住み慣れた家で亡くなることができる。しかも、家族みんながあなたのことを思って、たくさん集まってくれている。こうやってみんなに見送られて亡くなるのだから、あなたは本当に幸せだわ」と言いました。

するとびっくりしたのですが、死にかけている彼女がパッと目を見開いて、絞り出すようにこう言ったのです。「だから、死にたくないのよ」、と。「どうして私だけが、この中から抜けて死ななきゃならないの。あぁ、悔しいわ」。そんなことを言うような人だとは思っていなかったものですから、驚きました。「あの世」のことを含めて、本当に人の死というものはわからないものです。

まなほ　でも、その方はお亡くなりになったのですよね?

寂聴　そうですが、あのときは本当にびっくりしました。

好きなものをおいしく食べることが、その人にとっての一番の健康法

まなほ　先生は、本当によく食べますよね。

寂　聴　だから死なないのです。今、死なない理由はそれです。

まなほ　先生は、基本、一日二食ですが、あれは前からですか？

寂　聴　ずっと前からです。結婚してすぐに中国で暮らしましたが、そこで二食だったので、その癖がつきました。そのほうが面倒くさくなくていいです。朝晩の二食ですが、朝は遅めに食べています。中国人にとっては、ごはんが食べられるということが最高の幸せです。今はどうかわかりませんが、私が中国にいたころは、貧乏な人ほど自分がごはんを食べていることをまわりの人々に知らせるために、わざわざ家の前へ出て、そこで食べていました。「ごは

ん、食べた？」というのが、あいさつ代わりになっているくらいです。

まなほ　先生は、基本的には何でも食べますね。

寂　聴　好きな食べものはそう変わりません。でも、歳を取ったので、やはり食べる量は少なくなりました。ただ、お肉は相変わらず大好きです。お肉を食べないと頭が悪くなります。前にもどこかに書きましたが、お肉を食べているとボケません。「肉ばかり食べていると病気になる」とか、「野菜を食べなくてはダメだ」とか、いろいろ言われていますが、いちいち気にする必要はありません。好きなものをおいしく食べることが、その人にとっての一番の健康法です。

まなほ　先生は豆類も大好きですが、豆好きだというのは子どものころからですか？

寂　聴　子どものころは相当の偏食で、豆しか食べませんでした。朝、行商の人が煮豆を売りに来たら、もうどんぶりを持って走って買いに行くほどでした。

小学校のときは一年生から六年生まで全部、通信簿の成績表は甲乙丙の甲なのですが、一つだけ丙があって、それが健康というところでした。そのために母親が学校に呼び出されて怒られるのです。「こんなことでどうするのですか」と言われて、「ごはんを食べないんです」と言い訳していました。ですから本当に体も弱くて、「いつ死ぬかわからない」と言われていました。

まなほ 今の先生からはとても考えられませんが、その偏食は、いつごろ、どうやって治ったのですか？

寂　聴 二十歳の女子大生のときに婚約をしましたが、私が病気をしたら相手の人がかわいそうだと思って、結婚しても丈夫な体でいられるように、結婚前に断食道場に入りました。そこで、お釈迦様がしたように完全に断食をしました。すると、痩せて骨と皮ばかりになったので、それから徐々に食べ出しました。そのときに体の細胞が入れ替わって、今の丈夫な体ができました。

まなほ 健康な体になったのは、五十一歳のときに出家して、山歩きなどの修行をしたことも影響していると、どこかで書いています。

寂聴　私は天台宗の本山である比叡山で修行しました。二十歳ぐらいの若い男の人たちと一緒に修行で山の中を歩くわけですが、彼らは脚が長いので歩いているつもりでも、私は脚が短いので走らなくてはなりません。それで、ずいぶんと鍛えられました。あのときは七キロも痩せました。

まなほ　そのときに鍛えたのが、その後の健康のためによかったのでしょうね。だからきっとタフなのです、先生は。

寂聴　そうかもしれません。

まなほ　先生はごはんだけでなく、お菓子もよく食べます。

寂聴　でも、あなたが来るまでは、お菓子なんか食べませんでした。

まなほ　そう言えば、長年おつきあいのある編集者の方も、「先生がお菓子を食べるようになった」と驚いていました。なぜ、食べるようになったのですか？

寂聴　あなたが、あまりにもおいしそうに食べるから悔しくて（笑）。

まなほ　あとは、よくしゃべります。口は元気です。

寂　聴　よく食べて、よくしゃべる。

まなほ　あとは、よく笑います。

寂　聴　あなたがおもしろいことを言うからです。

九十代での大病を乗り越えて、百歳になるまで生きる

まなほ　先生は、自分の死を想像したりすることはありますか?

寂　聴　そんなことはしょっちゅうです。このごろなんて、もう毎晩です。だって、もう百歳ですよ。今夜、ぽっくり死んでもおかしくありません。でも、幸いだと思うのは、死んだ後でお金がなくて、葬式などができないという状態ではないことです。一通りのことはできるように残してありますから、そういう心配をしなくて済むだけでも有り難いことです。

でも、長く生きすぎたせいで、私が亡くなっても誰も葬儀委員長などを引き受けてくれる人がいないかもしれません。文学上の先輩なども、みんな亡くなってしまいました。

まなほ　長生きするということは、知っている人が段々とまわりからいなくなるということかもしれません。先生は、若いときはいくつぐらいまで生きると自分では思っていましたか？

寂　聴　こんな百歳になるまで生きるなんて思いも寄りませんでした。自分ではもっと早くに死ぬと思っていて、五十代の終わりには死ぬと思っていました。まさか、百歳になるとはね。

まなほ　でも、これからはそういう人が増えてきます。「人生百年時代」とも言われています。

寂　聴　そうです。食べものがよかったり、いい薬ができたりで、これからは百歳まで生きる人が増えてくるでしょうね。これまでは自分は八十歳ぐらいで死ぬと思っている人が多かったでしょうが、百歳まで生きるのが珍しくなくなってきます。すると八十歳から数えても、まだ二十年もあります。どうするのでしょうね、二十年は長いですよ。

まなほ　先生にとっても、八十歳からの二十年間は長かったですか？

寂　聴　長いです。

まなほ　私は先生が八十八歳のときに出会いましたが、私が来る前に先生は背骨を圧迫骨折したせいで足が萎え、昔のようには歩けないということでした。二〇一四年には腰椎の圧迫骨折で、数か月、入退院を繰り返しました。先生が痛そうにしている姿を見て、最初のうちは先生が亡くなるのではないかと思って、いつも不安でいっぱいでした。

でも、先生はなかなか死なないし（笑）、入院中に胆のうがんが見つかったときも、九十二歳の老人が全身麻酔をして手術を受けるのは大変だろうという周囲の声をよそに、「すぐに取ってください」と、お医者さんにお願いしていました。そういう先生に接しているうちに、悲観的な考え方で一緒にいるのはもったいないと思うようになりました。

こうして十年以上も先生のそばにいさせてもらっていますが、元気だとはいえ、やはり横になっている時間が少しずつ長くなってきました。見ていて、「先生もしんどいだろうな」と思うことがあります。実際に、「しんどい、しんどい」と口にも出しています。

寂　聴

それはしょうがありません。あのお釈迦様だって、八十歳で亡くなる前には体が思うように動かなくなり、一緒に遊行をしている弟子のアーナンダに、「ああ、もう疲れてしまった。私はもう、ポンコツの車のようだ。すっかりボロボロになって、革ひもでやっと車輪をつないで動いているようなものだ」と言っているくらいです。

まなほ

先生が死んでしまったら、すごく悲しいだろうし、ぽっかり心に穴が空くと思いますが、でも「いつまでも長生きしてくださいね」とは簡単には言えません。それはかえって、先生に対して無責任なような気がするからです。でも先生、せっかくここまで生きてきたのですから、満百歳になるまではがんばって生きていきましょうね。

寂聴　おそらく大丈夫でしょう。何せ、ごはんがおいしいですから（笑）。

まなほのこと――瀬戸内寂聴

何も知らなかったまなほの成長を見ながら

これまでに何人も秘書がいましたが、彼女のような秘書は初めてです。まず、雇い主である私のことを尊敬していません。それは冗談だとしても、とにかく優秀な秘書です。これは私がそう思っているだけではなく、私の仕事に関係してくださっている出版社の方々やテレビ業界の方々など、多くの方々がそう言ってほめてくれるのですから、やはり優秀なのでしょう。しょっちゅう二人でケンカをしていますが、すぐに仲直りします。

私が死んだら、その後、彼女はどうするのかなど、まったく心配していません。彼女は、とにかくやっていきます。自分でやっていきます。それから、彼女を助けてくれる人も出てきます。「あなたは優秀だから、ぜひうちで働いてください」と言うような人が必ず出てきます。

すでに何冊か本も出版させていただいていますが、ものを書いて生きていくかもしれません。いずれにしろ、彼女は絶対に大丈夫です。私が死んだら死んだで、彼女自身の道が必ず開けます。

ただ、これは自負になるかもしれませんが、彼女は私のところへ来たから成長できたのだと思います。もしも他のところに行っていたら、普通の人のままで終わっていたのではないかと思います。たまたまうちへ来たから秘書としての才能が開花したり、ものを書く才能に気づいたのだと思います。

彼女は寂庵に来てから十二年になりますが、十二年前と比べたら、まるで違います。とにかくしっかりしました。来たころは、本当に何も知りませんでした。テレビで見ていたからでしょうが、私が尼さんだというのは知っていました。ですが、私の本職は小説家であるということは知りませんでした。当然、私が書いた小説も読んでいませんでした。でも、変な文学少女ではないところがかえって気に入って、私は彼女を雇うことにしました。

もし、彼女の仕事に十点満点で点数をつけるとすると、初めて経験するような仕事でも、七、八点はやれます。それはなかなかできないことですが、それができるから、彼女は瀬戸内寂聴の秘書として世間で通用します。

その代わりと言っては何ですが、彼女が世間から嫉妬されているのも事実です。私から特別に処遇されていると思われているのです。私は彼女のために何か特別なことをしているわけではありませんし、純粋に彼女自身の力なのですが、それでもやはり特別扱いされていると思われていて、世間の一部からは嫉妬されています。

以前、自分に自信が持てなかったころは、彼女は何かあるたびに、「どうせ私なんか」と言うのが口癖でした。私はそれまで彼女を怒ったことがなかったのですが、あるときその口癖に我慢できなくなって、「人間は、どんな人でも生まれる価値があって生まれてくる。その命に対して失礼じゃないか。二度と、私なんかなんて言うな」と叱りました。それ以来、彼女は、その言葉を口にしなくなりました。それとともに、本当にしっかりするようになりました。

彼女は基本的に頭がいいし、優しいし、秘書としてとても優秀です。私がこうしてほしいと思うことをパッと理解して、言う前に対処してくれます。おそらく彼女は、私が死ぬまで、この寂庵で、私のそばで働いてくれると思っています。

寂聴先生のこと――瀬尾まなほ

私に勇気を与えてくれる心強い先生へ

寂聴先生は私にとって、自分の人生を大きく変えてくれた恩人です。

自分自身でも気づかずにいた私のことを教えてくれます。どんなときも、味方でいてくれます。あなたはこうでなければいけないと、私に対して何かを決めつけることは一切ありません。

私はものを書くようになるなんて、自分ではまったく思っていませんでしたが、先生のそばで秘書として働いているうちに、『寂庵だより』のスタッフ通信を手始めに、いろいろと書く機会に恵まれました。そのときも先生は、文章の書き方のような特別なことを教えてくれることもありませんでした。ただ、「自由に、好きなように書きなさい」と、それだけを言ってくれました。おかげで、自分の名前で出版社から本を出させてもらうようになりました。

私に先生の秘書以外の仕事の依頼があるときは、「もう何でもやりなさい」と、つねに私の背中を押してくれます。何が起きても、先生がいると思ったら心強いですし、何でもがんばってやろうと思えます。「大丈夫。あなたならできるから」と、私が自分を信じる以上に、先生は私のことを信じてくれているという思いがあるので、何でも挑戦してみようという気持ちになれます。先生は、私に一歩踏み出す勇気を与えてくれる心強い存在です。

先生のひとことで勇気づけられることも、多々あります。私が本を出したり、テレビに出演したりすることに対して、悪口を言う人がいます。私は、そういうことを気に病むほうですが、先生は「そんなことを言うやつは不細工に決まっているから放っておけ」と言ってくれます。しょうがないからと私を諭すのではなく、そんな悪口は放っておけと強い口調で言ってくれます。私にとっては、とてもうれしいことです。

先生のもとで働くようになって、マスコミなどでの露出が増えてくると、「先生の跡を継ぐのですか」とか、「まなほさんも出家するのですか」とか言われることがあります。たしかに先生の法話などをそばで聞く機会も多いので、多少なりとも仏教に興味のようなものが湧いて、その手の本を読んだりもしますが、だからといって特別強い宗教心が芽生えたり、仏教に帰依したりすることはないと思います。

私自身は宗教者や仏教徒として瀬戸内寂聴を見ているというより、やはり一人の作家、小説家として先生を見ています。原稿用紙に向かって万年筆を走らせているのが、先生の本来の姿だと思っています。だからこそ、私が最初の本を出版した後で、先生が私に「秘書の仕事を辞めて、物書きとして生きていきなさい」と言ったとき、私は必死に抵抗しました。小説家としての先生を見ているからこそ、そんなこと到底、私には無理だということがわかっています。そんな簡単な世界ではないし、覚悟も自信もありません。人に言われるまでもなく、先生の秘書だからこそ、本を出すことができたし、世間も少しは私に興味を持ってくれたと思っています。

散々ご心配をおかけしましたが、おかげさままで結婚式にも出ていただくことができたし、子どもの顔を見ていただくこともできました。そして、今もこうして先生のそばで仕事ができる幸せをかみしめています。「先生が死ぬ日まで」なんて言うと、縁起でもないと先生のファンからは怒られるかもしれませんが、どうぞ最期の日まで一緒にいさせてください。

先生、これからもよろしくお願いします。大好きです。

著者略歴

瀬戸内寂聴（せとうち・じゃくちょう）

小説家、僧侶（天台宗大僧正）。1922年、徳島県生まれ。東京女子大学卒業。21歳で結婚し、一女をもうける。京都の出版社勤務を経て、少女小説などを執筆。57年に「女子大生・曲愛玲」で新潮同人雑誌賞を受賞、本格的に作家生活に入る。73年に得度し「晴美」から「寂聴」に改名、京都・嵯峨野に「曼陀羅山 寂庵」を開く。女流文学賞、谷崎潤一郎賞、野間文芸賞、泉鏡花文学賞など受賞多数。2006年、文化勲章受章。著書に『夏の終り』『美は乱調にあり』『花に問え』『場所』『風景』『いのち』『源氏物語』（現代語訳）など多数。2021年11月9日に逝去、享年99。

瀬尾まなほ（せお・まなほ）

瀬戸内寂聴秘書。1988年、兵庫県生まれ。京都外国語大学英米語学科卒業。卒業と同時に寂庵に就職。3年目の2013年3月、長年勤めていたスタッフたちが退職し、66歳年の離れた瀬戸内寂聴の秘書になる。著書に『おちゃめに100歳！ 寂聴さん』『寂聴先生、ありがとう。秘書の私が先生のそばで学んだこと、感じたこと』。困難を抱えた若い女性や少女たちを支援する「若草プロジェクト」の理事も務めている。

SB新書　566

今《いま》を生《い》きるあなたへ

2021年12月25日　初版第1刷発行
2022年 1 月26日　初版第4刷発行

著　者　瀬戸内寂聴《せとうちじゃくちょう》・瀬尾《せお》まなほ（聞き手）

発行者　小川 淳
発行所　SBクリエイティブ株式会社
〒106-0032　東京都港区六本木2-4-5
電話：03-5549-1201（営業部）

装　幀　杉山健太郎
写　真　原田康雄（ケタケタスタジオ）
メイク　レイナ
本文デザイン・DTP　アーティザンカンパニー株式会社
編集協力　大湊一昭
編集担当　齋藤舞夕
印刷・製本　大日本印刷株式会社

本書をお読みになったご意見・ご感想を下記URL、
または左記QRコードよりお寄せください。
https://isbn2.sbcr.jp/12764/

落丁本、乱丁本は小社営業部にてお取り替えいたします。定価はカバーに記載されております。本書の内容に関するご質問等は、小社学芸書籍編集部まで必ず書面にてご連絡いただきますようお願いいたします。

ISBN 978-4-8156-1276-4

SB新書

危ない読書
佐藤 優

観察力の鍛え方
佐渡島庸平

新説戦乱の日本史
倉本一宏／亀田俊和
川戸貴史／千田嘉博
長南政義／手嶋泰伸

名言のクスリ箱
大山くまお

極上のおひとり死
松原惇子

銀行を淘汰する破壊的企業
山本康正

誰も知らないとっておきの世界遺産ベスト100
小林克己

「人に迷惑をかけるな」と言ってはいけない
坪田信貴

子どもの幸せを一番に考えるのをやめなさい
陰山英男

知らないと損をする男の礼儀作法
諏内えみ

SB新書

本だけが私たちに与えてくれるもの
読書する人だけがたどり着ける場所
齋藤 孝

池上彰が本気で問う。学び続ける理由
なんのために学ぶのか
池上 彰

孤独を逃れようとするほど老後は不幸になる
孤独こそ最高の老後
松原惇子

現代の「知の巨人」が教える学びの価値
人間にとって教養とはなにか
橋爪大三郎

プライドを捨てろ!
本音で生きる
堀江貴文